B

Band 7 der Reihe:
«industrial design – graphic design»
Herausgegeben von Hans Wichmann

Armin Hofmann

His Work, Quest and Philosophy	Werk Erkundung Lehre

Herausgegeben
von Hans Wichmann

Birkhäuser Verlag
Basel · Boston · Berlin

The publication of this book was kindly supported by the
Die Herausgabe des Werkes wurde großzügigerweise unterstützt von

Lotteriefonds des Kantons Basel-Landschaft
Lotteriefonds des Kantons Basel-Stadt

Translated into English by D. Q. Stephenson
Photography by Max Mathys

Library of Congress Cataloging-in-Publication Data

Hofmann, Armin.
Armin Hofmann: His Work, Quest, and Philosophy = Werk, Erkundung, Lehre /
Hans Wichmann (Hrsg.). p. cm. – (industrial design – graphic design: Bd. 7)
Includes bibliographical references.
    ISBN 0-8176-2339-6 (U. S.)
1. Hofmann, Armin – Themes, motives.
I. Wichmann, Hans, 1925– II. Title. III. Series.
N7153.H626A4 1989 760′. 092-dc2

CIP-Titelaufnahme der Deutschen Bibliothek

Hofmann, Armin:
Armin Hofmann: His Work, Quest and Philosophy / Hans Wichmann (Hrsg.).
[Transl. into English by D. Q. Stephenson].
Basel ; Boston ; Berlin : Birkhäuser, 1989
    (industrial design – graphic design; Bd. 7)
    ISBN 3-7643-2339-6
NE: HST; GT

.

© 1989 Birkhäuser Verlag, Basel
ISBN 3-7643-2339-6
ISBN 0-8176-2339-6

Contents

Inhalt

Few of us have sacrificed so much time, money and comfort for the sake of their profession, as has Armin Hofmann. He is one of the few exceptions to Shaw's dictum, "He who can, does; he who cannot, teaches."
For more than forty years, Armin Hofmann has devoted his life to teaching the unteachable – art/design. The works of his students are models of excellence, and the envy of others, both students and teachers.
His goals, though pragmatic, are never pecuniary. His influence has been as strong beyond the classroom as within it. Even those who are his critics are as eager about his ideas as those who sit at his feet.
As a human being, he is simple and unassuming. As a teacher, he has few equals. As a practitioner, he ranks among the best.

Paul Rand

Nur wenige haben um ihres Berufes willen so viel Zeit, Geld und Bequemlichkeit geopfert wie Armin Hofmann. Er ist eine der wenigen Ausnahmen von Shaws Regel: «Der Fähige tut's; der Unfähige lehrt.»
Seit über vierzig Jahren hat Armin Hofmann sein Leben der einen Aufgabe gewidmet: zu lehren, was nicht lehrbar ist – Kunst/Gestaltung. Die Arbeiten seiner Studenten sind hervorragend und erregen den Neid der anderen – Schüler wie Lehrer.
Seine Zielsetzung, wenngleich pragmatisch, ist nie aufs Pekuniäre ausgerichtet. Sein Einfluß ist in- und außerhalb des Klassenzimmers gleich groß. Selbst seine Kritiker stehen mit ihrem Interesse an seinen Ideen seinen Adepten in nichts nach.
Als Mensch ist er einfach und bescheiden. Als Lehrer gibt es wenige seinesgleichen. Als Praktiker gehört er mit zu den besten.

Paul Rand

This book originated from an idea of the State Museum of Applied Arts in Munich "The New Collection." It accompanies an exhibition to be held there between October 1989 and January 1990 and thereafter in other cities.

The publication was prompted by "The New Collection" for two reasons: the first is the prominent role Armin Hofmann has played internationally as a graphic designer and teacher, and the second is the fact that his basic approach meshes very closely with the intentions of "The New Collection."

Hofmann was born in Winterthur in 1920 and grew up during the great era of Swiss graphic design when he came under the influence of Alfred Willimann, Ernst Keller and Hans Finsler. He began his career as a teacher at the Basel School of Arts and Crafts at the early age of 26 years and continued there for 40 years. The teaching method he used was flexible and set new standards. His ideas became widely known through his work as a teacher in such places as Ahmedabad, Philadelphia, New Haven or Brissago and through his books, in which he set down his maxims.

As an educationist Hofmann starts from the down-to-earth and realistic view that "artistic problems generally receive too little attention in our schools . . . And even in the specialized technical colleges and institutions of higher education, there are, apart from the training of professional artists, no courses in which the processes of design and creation are acknowledged to have a general educational value," and he concludes that, under these circumstances, "the creative individual cannot develop because his precious innate ability goes to waste." It was against this background that Hofmann wrote his "Graphic Design Manual – Principles and Practice," (4th edition 1988) in which he gives a lucid and clearly illustrated account of his method. It was after reading this work that the American designer George Nelson wrote: "The answers to many of the vexing problems which plague art education and training today might be easier to come by if there were more teachers with the artistic integrity, broad intelligence and deep responsibility of Armin Hofmann."

In Hofmann these gifts as a teacher are united with independent and strikingly rich powers of artistic expression. It is this rare combination of talents that gives him his charisma and broad authority. If "Swiss Graphic Design" still commands respect as a concept synonymous with quality, the credit goes to him rather than anyone else. To achieve this he not only drew on the heritage of the twenties and thirties but also generated fresh energies and set new aims. In all this, Wolfgang Weingart sees a touch of genius. "He showed genius in the single-minded way in which, with deft economy, he wedded design elements and latent ideas to produce a vital expressive force. And there is genius, too, in the way in which these latent ideas – most clearly seen perhaps in Hofmann's three-dimensional designs – are also made to challenge the beholder."

Armin Hofmann's work is enormously varied. It includes posters, stage designs, logos, typographic work, orientation systems and also three-dimensional designs, mostly for public buildings.

It is a privilege – and a confirmation of our mutual aims – to show the work of this mentor of internationally oriented graphic design in such a consummate form in our museum, and we hope that this book will be an incentive to rising generations to return again and again to the central issues of graphic design.

Hans Wichmann

Dieses Buch wurde durch das Staatliche Museum für angewandte Kunst, in München, «Die Neue Sammlung», angeregt. Dort begleitet es eine, zwischen Oktober 1989 und Januar 1990 stattfindende Ausstellung, die anschließend auch in anderen Städten gezeigt wird.

Gründe weshalb das Unternehmen gerade durch «Die Neue Sammlung» initiiert wurde, sind zum einen die bedeutende Rolle, die Armin Hofmann international als Graphic Designer und Pädagoge einnimmt und zum anderen die spezifische Grundhaltung seiner Arbeit, die den Intentionen der «Neuen Sammlung» in besonderem Maße entspricht.

Hofmann wurde 1920 in Winterthur geboren und wuchs in der großen Ära der Schweizer Graphik heran, beeinflußt durch Alfred Willimann, Ernst Keller und Hans Finsler. Schon als Sechsundzwanzigjähriger übernahm er 1946 seine Lehrtätigkeit an der Basler Gewerbeschule, die er 40 Jahre ausübte und der er ein beispielhaftes, flexibles pädagogisches System unterlegte.

Durch seine Lehrtätigkeit etwa in Ahmedabad, Philadelphia, New Haven oder Brissago sowie durch Buchpublikationen in denen er seine Maximen niederlegte, wurden seine Überlegungen ausgebreitet und weitergetragen.

Als Pädagoge geht Hofmann nüchtern und wirklichkeitsnah davon aus, daß «den künstlerischen Problemen in unseren Schulen allgemein zu wenig Beachtung geschenkt wird ... Auch die Fach- und Hochschulen enthalten, mit Ausnahme der rein künstlerischen Ausbildung, keine Kurse, in denen der Prozeß des Gestaltens und Neuschöpfens allgemeinbildender Wert zugemessen wird» und er zieht daraus den Schluß, daß sich unter diesen Bedingungen «der schöpferische Mensch nicht entwickeln kann, da seine wertvollen Anlagen verkümmern». Unter dieser Prämisse entwickelt Hofmann seine «Methodik der Form der Bildgestaltung», die in eindrucksvoller Weise in seinem gleichnamigen, 1988 in vierter Auflage erschienenen, Buch nachzulesen und anschaulich gemacht worden ist. Unter seinem Eindruck schrieb der amerikanische Designer George Nelson: «Hätten wir nur mehr Lehrer mit der künstlerischen Integrität, der umfassenden Intelligenz und dem tiefen Verantwortungsbewußtsein, wie Armin Hofmann sie aufweist: die Lösung all der schwierigen Probleme der künstlerischen Erziehung und Ausbildung wäre um vieles leichter.»

Diese pädagogische Befähigung verbindet sich bei Hofmann mit einer eigenständigen, ungemein reichen, künstlerischen Aussagekraft. Erst diese selten anzutreffende Doppelbegabung bewirkt seine Ausstrahlung und allumfassende Autorität. Vor allem ihm hat es wohl die Schweiz zu danken, daß der Begriff «Schweizer Graphik» als Wertbegriff bis heute einen besonderen Klang besitzt. Dies war nur dadurch möglich, daß nicht nur vom Erbe der zwanziger und dreißiger Jahre gezehrt wurde, sondern neue Impulse eingebracht und neue Richtpunkte gesetzt wurden. Wolfgang Weingart bezeichnet diese als genial. «Genial in der Konsequenz, wie er sparsam Gestaltungsmittel und versteckte Ideen zu lebendiger Ausdrucksstärke verknüpft. Und genial, weil diese versteckten Ideen – am deutlichsten vielleicht in Hofmanns dreidimensionalen Entwürfen – immer auch als Herausforderung auf den Betrachter wirken.»

Das Werk Armin Hofmanns ist vielgestaltig. Es umfaßt Plakate, Bühnenbilder, Signets, typographische Arbeiten, Orientierungssysteme zugleich aber auch dreidimensionale Gestaltungen, zumeist an öffentlichen Gebäuden.

Wir sehen eine wechselseitige Bestätigung darin, Werk und Arbeit des Mentors international ausgerichteter Graphik in vollendeter Form in unseren Räumen zeigen zu können und hoffen, daß dieses Buch dazu beitragen wird, heranwachsende Generationen immer von neuem an die zentralen Bereiche graphischen Gestaltens heranzuführen.

Hans Wichmann

When I enrolled in the foundation course of the AGS in the spring of 1959 it was to be for a year "to better understand the aesthetics of design." I was twice as old as some others in my classes. Every project seemed just right to get me to the next step. It was sequentially programmed and every instructor knew his role in the sequence, but there was a great emphasis also on process and discovery. Through it I was drawn into the advanced class for graphic design, another four years of a very different experience. A foundation course teacher said to me after an accomplishment of one sort or another: "Wait till you get into Hofmann's class . . . it'll be like starting all over again." So it was, because Armin Hofmann didn't let you merely utilize what you already knew. You had to strip that away, too, to immerse yourself into a new problem. There were no formulas. "Swiss Design" was not the curriculum.

My experience in Basel predates the famous Weiterbildungsklasse; my view from within the program is from the vantage point of the 5-year program, not the graduate program started later. Thus, in talking about the Basel program, I vacillate between past and present tense. My contact with the graduate program over the years has been fairly substantial and I have always observed with the greatest interest the evolution of the School. The astounding things that have come out of the Weiterbildung are vicariously a part of my own continuing education.

How could the Basel program come to have so strong and universal an appeal and influence, and generate so heated a controversy?

Program and Personalities

I think of a comment I got after I shaved my beard a couple of years ago: a client with whom I had frequently met looked at me quizzically and wondered if I had gotten glasses . . .?
What do people see when they see the Basel School?
Well, I don't think it is so easy to get a clear sense of the school from the outside. People see simplicity or sans serif or color limitation or hard edge. Even an exhibition which demonstrates clearly certain values of the Basel School, does not convey a sense at all of the process of learning.
Compared to many schools, Basel presents a dynamic contrast between a cohesive program and strong personalities. The program has an agreed-upon base of more universal and cohesive character; the teachers have great latitude to shape their courses and to develop their own research parallel with their teaching. They are also paid well, freeing them to pursue the kind of research and project formulation that keeps education in constant productive flux. Consequently, outstanding publications on the subject of design education have been produced by its faculty. These publications are wonderful in their documentation, but one often sees the misunderstanding that comes from appropriating this approach without having experienced it first hand.
In the U. S., schools have often wanted a representation of this philosophy, but they didn't want a program. For reasons I shall try to describe, the only way it really works is as a program. What American schools seem to want from Basel is basic design as an aesthetic and craft discipline, – as foundation, yes, but at the advanced levels? That would be too much, and not sophisticated or market-oriented enough.
In Basel, form is not separated from expression; expression grows from a recognition of the communicative value of form. In his brilliant introduction to the Graphic Design Manual, Hofmann says: "Recognizability and utility must be included from the very start among the aims of the exercise. Here we have the first approach to applied activity. The student who can represent rising, falling, opposed and radiating elements with simple means has taken the initial step toward the application of his art. It would be wrong to conceive the work of the designer as anything but the service of giving messages, events, ideas and values of every kind a visible form."
The error in appropriating only the basic design element from Basel was and is often the fatal one of separating form from expression. Basic design becomes a hurdle rather than a means – Plaka-torture, as I'm sure you've heard it called. Thus the "set" being developed in piecemeal design programs is unfortunately often only stylistic, corrupted by lack of an understanding of the larger issue of integration.
Discipline has been a word the Swiss have been unafraid to use. For people who have always had to make the most of their limited resources it was natural to make the most of everything. "Gründlichkeit" – which translates as thoroughness, carefulness, solidity, diligence – is a national virtue. In this context it was, at least earlier, relatively easy for a teacher

to impose and a student to expect discipline. One could always invoke "Oberflächlichkeit" or superficiality as the undesirable trait – no one would want to be identified with that!

The perception of the Basel School as a place of discipline is probably the one that evokes the greatest controversy since discipline alone can be so right but so dead, so boring. Some see Basel as resorting to formulas of sizes and relationships, of being overly authoritative, a tyranny, of having a creed. Can it be, they might rightly ask, that a truly liberal program could come out of an arts and crafts school?

Others might see it as obscure, esoteric and meaningless. But if the Basel School is a moribund, discipline-become-dogma place as its detractors believe why is it attractive to so many American and other foreign students? Do they go for a creed? – It's natural for every significant approach to have its dogmatic adherents looking for formulas, for a ticket to success.

Or is it actually something completely different? Is the experience from within so vastly different from the perception from the outside? As I have implied, I believe that it is, *because discipline is applied to discover and create unpredictable relationships.* How else, regardless of the accusation from the outside of similarity, can we account for the transformations that projects undergo. If it were otherwise, just regurgitation, it wouldn't be worth doing.

In fact, the Basel School is emphatic in clearing away creeds of stylistic authority. It knows that in order to build an internal authority stemming from self-knowledge, you don't take the easy road. You have to patiently build and not depend on chance events and inspiration for knowledge.

Armin Hofmann speaks of design as a unifying force in society as he did at the MOMA symposium on the poster. The unifying force begins in the School where the important thing that is shared is an attitude of seeking – seeking a personal statement based on shared universals. One effect of the emphasis on universals is that it's not just graphic design: it's design, it's life. While the Basel School has had programmatic solidity and good teachers, it has taken truly outstanding personalities to go beyond its natural boundaries and provincialism of discipline, as in fact it has, and offer an approach of transcending importance. One can pay tribute here primarily to the work of Hofmann, Ruder and Weingart. But more than any of these, Hof-

mann was the one who can be most credited with first establishing the international reputation of the School. Gradually, several of his students – Kurt Hauert, Peter von Arx, Manfred Maier, Christian Mengelt, and others – were brought in to support the Hofmann direction of the program. To his great credit, Hofmann also supported Weingart, who, like Hofmann himself, was more or less self-taught, but brought into the School a conviction that the old order and the old technologies were dead and ripe for radical renewal. This counterforce has kept the School from becoming over-unified, a state of constructive tension that I believe will keep it alive.

But it is the visionary contribution of Armin Hofmann that I wish to especially acknowledge. This book can be easily understood as a tribute to Armin Hofmann, whose retirement from full-time teaching in Basel took effect. I hope that my observations as to why his influence has been so great will help all of us involved in education and professional practice to consider what is essential for the future.

First a Side Excursion

As I mentioned in the citation read at the awarding of the honorary member degree by the Royal Society of Arts in London two years ago, Armin Hofmann was an amazing travel guide. Most assuredly, you would not be directed to the obvious tourist attractions. Once when the Brissago students had reached the Negrontino chapel ahead of Hofmann, a site not listed in the Michelin guide!, we were looking at these frescoes, thinking they were the reason for our pilgrimage to a high place facing the Rheinwaldhorn. When Hofmann came in, his hand directed to a dimly lit, greatly fragmented fresco high on the back wall with Byzantine hands in an amazing rhythmic interaction. "There!" he said. It was not where we were looking. "It's not where we expected it; it's behind us, and too dark to photograph."

I thought it might be useful to do some more traveling with Armin Hofmann:

Aquilea on the Adriatic: Roman inscriptions and mosaics of primitive virility.

San Zeno in Verona: bronze plates of amazing translation, composition and humor on the door of a Romanesque church.

Paestum: the Greek ruin, imposing yet human in proportion, the beautiful light.

Ceiling paintings in an out-of-the-way church (Zillis), and St. George in a chapel in the fields of eastern Switzerland.

Vezelay: the setting of this Burgundian town but especially the fantastic column reliefs of the church of St. Madeleine.

Ronchamp: the expression of light and grace in an unlikely material: poured concrete.

Santa Maria: the vernacular tradition of the Engadine in Switzerland, strong enough to sustain wholly unexpected variation, or this new church near Zürich.

Arlesheim: for Ruder, baroque was a waste of form; Hofmann marvelled at the quality of expression in the Arlesheim cathedral.

Sant' Abbondio: a renaissance church of simple nobility.

Those were a few of the man-made artifices on his itinerary. Nature's work was on it too: the rocks of the Verzasca Valley yielded incredible riches, . . . and you didn't have to go far to find fantastic sources. One of the classic problems which Armin Hofmann brought to wonderful fruition was the study of fall leaves. These ruins of nature embodied living and dying; the colorful and the drained of color; the present and the fugitive; lines, masses, and dots; regularity and irregularity; the archetypal and the specific: in short, the essential question of existence and of communication.

Armin Hofmann: The Person and Teacher

The ink-splotched cloth that Hofmann used for an announcement of his own poster (page 82) show at the MOMA in 1981 is telling. What could more effectively dissociate him from the merely clean of the Swiss design cliché? The irreverence is there, the beginning crudity. I think of Torcello, where in the five layers of the final judgment fresco, the bottom most are the damned being cast into hell. "That's us," was Hofmann's comment. I think he was referring to the need to go beyond acceptability.

Authority comes from incremental experience, the experience of having made wrong choices and knowing the consequences. Getting clarity is a complex process.

For Armin Hofmann, the poster represents the quintessential graphic challenge and educational tool, since it demands clarification at several levels and distances. Paradoxically, of course, the time required to work out these demands of a poster are in inverse proportion to the speed of delivery of the image. But the goal is an image which works formally, structurally at every level of perception and works clearly and powerfully as a communication.

Certainly one of the crises of our modern visual environments is the quality of graphic signs at the *intended* viewing distances. It is easy to find them stunning as they become points of a textured whole seen from great distance or as we look in close and find moments of accidental quality. But in the zone where they address us, there is more often failure: propaganda, insult, affront.

Nothing demonstrates the commitment of Armin Hofmann, his internal consistency, his belief in the power of the abstract sign, more than his series of posters for the municipal theater and art gallery of Basel. Individually they are minimalists; cumulatively they created an incredible presence and resonance in the street – at every distance and level of viewing.

Armin Hofmann in the Graphic Design Manual: "The school must vigorously oppose the view that, given proper modern technical equipment, one can live in a perfectly functioning organization requiring no personal effort or input, and automatically enjoy success and financial security. The instruments and aids that are placed in our hands nowadays" – those were ball-point pens and rapidographs he was talking about then! – "are far too tricky for us to use them unquestioningly. The more cunningly devised they are, the greater the knowledge that is required before they can be put to wise and responsible use." The tools are trickier than ever. Abraham Moles has this caveat in the latest volume of Design Issues: ". . . the structural complexity of today's (computer) hardware . . . is subject to entropy, the tendency of things toward disorder." Continuing on with Armin Hofmann:

"The fewer the vocations remaining today that still have a creative contribution to make to a piece of work, the more fully and basically must those educational institutions be equipped where artistic growth can take place. The less experimental work done by people engaged in actual practice of a profession and intent on extracting from it as much material gain as they can, the more energy and careful thought must the school devote to experiment and research . . . the times are past when study and training undertaken in youth lasted a whole lifetime. We must accustom ourselves to the idea that *our mental and vocational equipment must be constantly refurbished* and that our chances of making an effective contribution to an essential process depend on the regularity with which we bring our knowledge up to date."

Not long after writing these words, the graduate program in Basel was founded with precisely these aims. In ways that Hofmann did not necessarily foresee or always approve, his vision – prescient in every respect – was and is realized.
For this, for being the quintessential educator, for the force and energy of his personality in keeping the concerns for both the material quality and the visualization of ideas in clear perspective, for bringing it into demonstrative fruition in his own work, I am, and I think we all are, deeply indebted. Thank you, Armin.

Ken Hiebert, Philadelphia
Graphic Design Class, Basel
1960 – 1964

Als ich mich im Frühjahr 1959 für den Grundkurs der AGS einschrieb, hatte ich ein Jahr vor Augen, in dem ich «die Aesthetik der künstlerischen Gestaltung besser verstehen lernen wollte». Ich war doppelt so alt wie einige andere meines Lehrgangs. Jedes Projekt schien gerade richtig, um mich einen Schritt weiter zu bringen. Der Lehrplan war konsequent aufgebaut, und jeder Unterrichtende kannte seine Aufgabe in dieser Abfolge, dennoch wurde gleichermaßen großen Wert auf Entwicklung und eigenes Entdecken gelegt. In der Folge zog es mich in die Fortgeschrittenenklasse für graphische Gestaltung, was weitere vier Jahre einer sehr anders gelagerten Erfahrung bedeutete. Ein Lehrer des Grundkurses sagte mir anläßlich irgendeines Erfolges: «Warten Sie nur, bis Sie zu Hofmann in die Klasse kommen ... Sie werden das Gefühl haben, wieder von vorne anzufangen.» So war es auch, denn Armin Hofmann duldete nicht, daß man einfach nur sein bisher erworbenes Wissen nutzte. Man mußte dieses Wissen auch beiseite legen, um sich voll und ganz in eine neue Aufgabe hineinzubegeben. Es gab dafür kein Schema. «Swiss Design» stand nicht als Motto über dem Stundenplan. Meine Zeit in Basel liegt noch vor der berühmten Weiterbildungsklasse; es ist der 5-Jahreslehrgang, von dem aus ich das Programm betrachte, nicht der Fortgeschrittenen-Lehrgang, der erst später begann. Wenn ich also von dem Basler Programm spreche, dann schwanke ich zwischen Vergangenheit und Gegenwart. Meine Verbindung mit dem weiterführenden Programm war recht intensiv, und ich habe die Entwicklung der Schule stets mit größtem Interesse verfolgt. Die verblüffenden Dinge, die sich aus der Weiterbildung entwickelt haben, stehen stellvertretend für einen Teil meiner eigenen fortgesetzten Ausbildung.

Wie war es möglich, daß das Basler Programm so intensiv und weltweit Anziehungskraft und Einfluß ausüben konnte und eine derart hitzige Kontroverse auszulösen vermochte?

Programm und Persönlichkeiten
Mir fällt eine Bemerkung ein, die an mich gerichtet war, als ich vor einigen Jahren meinen Bart abrasierte: Ein Kunde, mit dem ich des öfteren Kontakt hatte, sah mich neugierig an und wollte wissen, ob ich mir wohl eine Brille zugelegt hatte ...?
Was sehen die Leute, wenn sie die Basler Schule betrachten?
Ich glaube nicht, daß sich für einen Außenseiter so einfach ein klares Gefühl für die Schule gewinnen läßt. Die Leute sehen Schlichtheit oder sans serif oder farbliche Beschränkung oder scharfe Kanten. Selbst eine Ausstellung, die deutlich bestimmte Werte der Basler Schule aufzeigt, ist nicht imstande, auch nur im geringsten ein Gefühl für den Lernprozeß zu vermitteln.
Gemessen an anderen Schulen, verkörpert Basel einen dynamischen Kontrast zwischen zusammenhängendem Programm und starken Persönlichkeiten. Das Programm baut auf einer allgemein anerkannten Grundlage universeller und zusammenhängender Art auf; die Lehrer haben sehr viel Spielraum bei der Gestaltung ihrer Kurse und bei der eigenen Forschungstätigkeit, die parallel zur Lehrtätigkeit läuft. Überdies sind sie gut bezahlt, was ihnen die Durchführung jener Art von Forschung und Projektfassung ermöglicht, wleche die Ausbildung in stetem schöpferischen Fluß hält. Daraus resultieren hervorragende Publikationen zum Thema Gestaltungserziehung, welche von dieser Disziplin hervorgebracht wurden. Diese Veröffentlichungen bieten eine großartige Dokumentation, aber oft trifft man auf das Mißverständnis, das entsteht, wenn man sich diesen Ansatz aneignet, ohne ihn selbst aus erster Hand erfahren zu haben.
In den USA haben die Schulen oft nach einer entsprechenden Schulungsweise verlangt, doch lehnten sie einen festen Lehrplan ab. Es gibt Gründe – und ich möchte hier versuchen sie darzulegen – warum es wirklich nur mit einem Lehrplan funktionieren kann. Was die amerikanischen Schulen offenbar von Basel erwarten ist ein Grundkurs für Gestaltung als aesthetische und handwerkliche Disziplin – als Grundlage, ja, aber auf fortgeschrittenem Niveau? Das wäre zuviel und überdies nicht anspruchsvoll und marktorientiert genug.
In Basel werden Form und Ausdruck nicht voneinander getrennt; der Ausdruck erwächst aus dem Erkennen des kommunikativen Stellenwertes der Form. In seiner brillianten Einführung zum grafischen Gestaltungshandbuch sagt Hofmann: «Erkennbar-

keit und Brauchbarkeit sind von allem Anfang an als Übungsziele miteinzubeziehen. Hier sind die ersten Stufen angewandter Tätigkeit zu erkennen. Wer mit einfachen Mitteln Fallendes, Aufsteigendes, Gegensätzliches, Abstrahlendes usw. darstellen kann, hat den ersten Schritt zur Anwendung getan. Anders dürfen wir die Tätigkeit innerhalb der angewandten künstlerischen Berufe nicht verstehen, denn als Dienstleistung zur Sichtbarmachung von Mitteilungen, Ereignissen, Ideen und Werten aller Art.»

Wenn der Irrtum begangen wird, nur das grundlegende Gestaltungselement von Basel zu übernehmen, so handelt es sich häufig um den fatalen Irrtum, Form und Ausdruck trennen zu wollen. Der Grundkurs für Gestaltung wird zum Hindernis und nicht zum Mittel – Plaka-tortur, ich bin sicher, Sie haben diesen Ausdruck schon gehört. Damit ist die «Komposition», die in solchen bruchstückhaften Gestaltungsprogrammen entwickelt wird, unseligerweise häufig nach rein stilistischen Aspekten ausgerichtet und durch den Mangel an Verständnis für den wichtigeren Punkt der Integration in ihrem Wert beeinträchtigt.

Disziplin war immer schon ein Wort, das die Schweizer nicht gescheut haben. Für ein Volk, das seit jeher das Beste aus seinen begrenzten Mitteln machen mußte, war es nur natürlich, das Beste aus allem zu machen. «Gründlichkeit» – oder in anderen Worten ausgedrückt, Genauigkeit, Sorgfalt, Eifer – sind eine nationale Tugend. In diesem Zusammenhang war es, zumindest in früheren Zeiten, relativ einfach für den Lehrer, Disziplin zu verlangen, und für den Studenten, sie auszuüben. Man konnte immer die Oberflächlichkeit als unerwünschte Eigenschaft zur Mahnung heranziehen – niemand wollte ihrer bezichtigt werden.

Die Ansicht, daß die Basler Schule ein Ort der Disziplin ist, gibt vielleicht am ehesten zu Widerspruch Anlaß, daß Disziplin allein ja richtig, aber auch so tot, so langweilig sein kann. Für einige nimmt Basel Zuflucht zu Formeln von Größen und Beziehungen, ist allzu autoritär, eine Tyrannis, vertritt ein dogmatisches Glaubensbekenntnis. Ist es möglich, werden diejenigen zu Recht fragen, daß ein wirklich liberales Programm aus einer Kunstgewerbeschule hervorgehen kann?

Für andere wieder ist sie obskur, esoterisch und ohne Bedeutung. Wenn jedoch die Basler Schule ein todgeweihter Ort ist, an dem die Disziplin zum Dogma erhoben wurde, wie ihre Verleumder behaupten, warum übt sie dann eine so große Faszination auf amerikanische und andere ausländische Studenten aus? Suchen Sie nach einem Glaubensbekenntnis? – Es gehört zu jeder Herangehensweise von Bedeutung, daß sie ihre dogmatischen Anhänger hat, die nach Formeln, nach einem Erfolgsrezept suchen.

Oder ist es in Tat und Wahrheit etwas ganz anderes? Unterscheidet sich die Erfahrung von innen wirklich so grundlegend von der Wahrnehmung von außen? Wie ich bereits angedeutet habe, bin ich dieser Ansicht, *denn die Disziplin wird gezielt angewendet, um unvorhersehbare Beziehungen zu entdecken und zu schaffen.* Wie sonst ließen sich die Veränderungen erklären, die ein Projekt durchmacht, obgleich Außenstehende gerne den Vorwurf der Ähnlichkeit erheben. Wenn es sich anders verhielte, nur ein Wiederkäuen wäre, würde sich der Aufwand nicht lohnen.

In Tat und Wahrheit bezieht die Basler Schule eine sehr eindeutige Stellung beim Ausräumen von Glaubensbekenntnissen zu stilistischer Autorität. Sie weiß um die Tatsache, daß man, um eine innere Autorität aufzubauen, die aus Selbsterkenntnis erwächst, niemals den Weg des geringsten Widerstandes einschlägt. Man muß geduldig aufbauen und sich nicht auf Zufallsgeschehnisse und Inspiration verlassen, um zur Erkenntnis zu gelangen.

Armin Hofmann spricht von Gestaltung als einer einigenden Kraft in der Gesellschaft wie er dies auch auf dem Plakat zum MOMA Symposium getan hat. Diese einigende Kraft nimmt ihren Anfang in der Schule, wo das allen Gemeinsame eine suchende Haltung ist – eine Suche nach persönlichem Ausdruck auf der Grundlage universalgültiger Gemeinsamkeiten.

Diese Betonung des Universellen bewirkt unter anderem, daß wir es nicht nur einfach mit grafischer Gestaltung zu tun haben: wir haben es mit Gestaltung, mit Leben zu tun. Während die Basler Schule einerseits ein solides Programm und gute Lehrer hatte, gelang es ihr auf der anderen Seite tatsächlich, wirklich herausragende Persönlichkeiten über ihre natürlichen Grenzen und den Provinzialismus der Disziplin hinauszuführen und einen Zugang anzubieten, der von überragender Bedeutung war. Dies war in erster Linie das Verdienst der Arbeit von Hofmann, Ruder und Weingart. Aber mehr als allen anderen ist es Hofmann zu danken, daß die Schule internationale Anerkennung fand. Im Laufe der Zeit gesellten sich einige seiner Studenten dazu – Kurt Hauert, Peter von Arx, Manfred Maier, Christian Mengelt und andere –, die die Programmrichtung von Hofmann unterstützten. Es ist Hofmann hoch anzurechnen, daß er auch Weingart unterstützte, der, wie auch Hofmann selbst, mehr oder minder Autodidakt war, aber in die Schule die Überzeugung einbrachte, daß die alte Ordnung und die alten Technologien tot waren und reif für eine radikale Erneuerung. Diese Gegenkraft hat die Schule vor allzu großer Vereinheitlichung bewahrt, hat sie in einem Zustand konstruktiver Spannung gehalten, der sie am Leben erhalten wird. Ich möchte jedoch in erster Linie auf den visionären Beitrag von Armin Hofmann eingehen. Dieses Buch kann man ohne weiteres als Hommage an Armin Hofmann verstehen, der sich inzwischen von seinem Posten als vollamtlicher Lehrer in Basel zurückgezogen hat. Ich hoffe, daß meine Bemerkungen, warum sein Einfluß so groß war, uns allen, die wir mit Erziehung und beruflicher Praxis zu tun haben, helfen werden zu erkennen, was für die Zukunft von Bedeutung ist.

Zunächst ein Abstecher

Wie ich in einer Bemerkung erwähnte, die aus Anlaß der Verleihung der Ehrenmitgliedschaft der «Royal Society of Art» in London vor zwei Jahren zitiert wurde, war Armin Hofmann ein erstaunlicher Reiseführer. Man konnte bei ihm sicher sein, daß man nicht zu den bekannten Touristenattraktionen geführt wurde. Als wir Brissagoer Studenten einmal die Negrontino Kapelle, die nicht im Guide Michelin angeführt ist!, vor Hofmann erreichten, waren wir emsig dabei, die Fresken zu betrachten und dachten, daß sie der Grund seien für unsere Pilgerreise zu diesem hochgelegenen Ort gegenüber dem Rheinwaldhorn. Als Hofmann kam, zeigte er auf ein schwach erhelltes, nur bruchstückhaft vorhandenes Fresko hoch oben an der Rückwand, das byzantinische Hände zeigte, die in einer überraschenden rhythmischen Abfolge aufeinander bezogen waren. «Dort!» sagte er. Es befand sich nicht dort, wohin wir schauten. «Es ist nicht dort, wo wir es erwarten würden; es ist hinter uns, und es gibt nicht genug Licht zum Photographieren.»

Ich habe gedacht, es wäre sinnvoll, mit Armin Hofmann erneut auf Reisen zu gehen:
Aquilea an der Adria: Römische Inschriften und Mosaikdarstellungen von primitiver Zeugungskraft.
San Zeno in Verona: Bronzetafeln, erstaunlich in Umsetzung, Komposition und Stimmung am Tor einer romanischen Kirche.
Paestum: die griechische Ruine, imposant und doch menschlich in der Proportion, das prächtige Licht.
Deckenmalerei in einer abgelegenen Kirche (Zillis) und der heilige Georg in einer Kapelle inmitten von Feldern in der Ostschweiz.
Vezelay: die Anlage dieser Stadt im Burgund, aber vor allen Dingen auch die phantastischen Säulenreliefs der Kirche St. Madeleine.
Ronchamp: der Ausdruck von Licht und Anmut in einem ungewöhnlichen Material: gegossener Beton.
Santa Maria: die einheimische Tradition des Engadin in der Schweiz, stark genug um gänzlich unerwartete Abwandlung zu vertragen, oder diese neue Kirche in Zürich.
Arlesheim: für Ruder bedeutete Barock eine Verschwendung der Form; Hofmann staunte über die Ausdrucksqualität im Dom von Arlesheim.
Sant' Abbondio: eine Renaissancekirche von schlichter Erhabenheit.
Dies waren einige der von Menschenhand geschaffenen Bauwerke, denen wir auf dieser Reise begegneten. Die Natur war der andere Baumeister: die Felsen im Verzascatal boten unglaubliche Reichtümer dar, . . . und man mußte nicht lange suchen, um großartige Quellen zu finden. Eine der klassischen Aufgabenstellungen, die Armin Hofmann zu wunderbarer Erfüllung brachte, war das Studium der Herbstblätter. Diese Überreste der Natur verkörperten Leben und Sterben; Farbenpracht und Fahlheit; Archetypisches und Spezifisches: kurz gesagt, wesentliche Fragen der Existenz und der Kommunikation.

Armin Hofmann: die Person und der Lehrer

Das tintenbekleckste Tuch, das Hofmann für die Ankündigung seiner eigenen Plakataus-

stellung an der MOMA im Jahre 1981 verwendete (Seite 82), spricht Bände. Was konnte ihn wirkungsvoller von dem einfach nur Sauberen des schweizerischen Gestaltungsklischees unterscheiden? Die Respektlosigkeit ist da, die beginnende Unverfrorenheit. Ich denke da an Torcello, bei dem in den fünf Schichten des Freskos vom Jüngsten Gericht, auf der untersten die Verdammten sind, die in die Hölle geworfen werden. «Das sind wir», war Hofmanns Kommentar. Ich glaube, daß er sich damit auf die Notwendigkeit bezog, über das Annehmbare hinauszugehen.
Autorität entsteht aus wachsender Erfahrung, aus der Erfahrung, die falsche Wahl getroffen zu haben und aus dem Wissen um die daraus resultierenden Konsequenzen. Klarheit zu erlangen ist ein komplexer Prozeß.

Für Armin Hofmann stellt das Plakat die grafische Herausforderung und das erzieherische Werkzeug schlechthin dar, denn es verlangt Klärung aus unterschiedlichen Blickwinkeln und Entfernungen. Paradoxerweise, natürlich, ist die Zeit, die nötig ist, um diese Anforderungen eines Plakats herauszuarbeiten, umgekehrt proportional zu der Geschwindigkeit, mit der das Bild abgeliefert werden sollte. Das Ziel aber ist ein Abbild, das formal und strukturell auf jeder Ebene der Wahrnehmung wirkt und klar und kraftvoll eine Aussage macht.
Gewiß ist einer der Krisenpunkte unserer auf das Visuelle ausgerichteten Umfelder die Qualität der grafischen Zeichnungen aus den *beabsichtigten* Sichtabständen. Es ist einfach, sie überwältigend zu finden, wenn sie aus großer Entfernung gesehen zu Punkten in einem strukturierten Ganzen werden oder wenn wir sie aus der Nähe betrachten und Momente von Zufalls-Qualität entdecken. In dem Bereich aber, in dem sie uns ansprechen, zeigt sich häufiger Mißlingen: Propaganda, Beleidigung, Affront. Nichts zeigt deutlicher das Engagement von Armin Hofmann, seine innere Folgerichtigkeit, seinen Glauben an die Macht des abstrakten Zeichnens als die Reihe von Plakaten, die er für das Basler Stadttheater und das Basler Kunstmuseum geschaffen hat. Jedes für sich genommen ist äußerst sparsam; zusammengenommen aber schufen sie eine unglaubliche Präsenz und Resonanz

auf der Straße – aus jedweder Entfernung und von jedem Blickpunkt aus.

Armin Hofmann sagt im Handbuch für Grafische Gestaltung: «Der Ansicht, man lebe in einer perfekt funktionierenden Ordnung, die keine persönlichen Anstrengungen und Einsätze mehr erfordere und in der Erfolg und finanzielle Sicherung sich zwangsläufig einstellen, sofern man nur technisch gut und modern ausgerüstet sei, muß die Schule ganz energisch entgegentreten. Die Mittel, die uns heute zum Gebrauch in die Hände gelegt sind» – damals waren es Kugelschreiber und Rapidographen, von denen er sprach! – «erweisen sich als viel zu hinterhältig, als daß wir sie unbesehen verwenden könnten. Je raffinierter sie sind, um so mehr Wissen erfordert es, sie weise und verantwortungsbewußt einzusetzen.» Die Werkzeuge sind trickreicher denn je. Abraham Moles drückt dieses Caveat im letzten Band von «Design Issues» aus: «... die strukturale Komplexität der heutigen (Computer) Hardware ... unterliegt der Entropie, der Tendenz der Dinge zu Ungeordnetheit zu zerfallen.» Um mit Armin Hofmann fortzufahren: «Je weniger Berufe es heute gibt, in denen noch gestalterische Teilgebiete bearbeitet werden, desto umfassender und grundlegender müssen jene Bildungsstätten ausgerüstet sein, in denen sich künstlerisches Wachstum entfalten kann. Je weniger schöpferische Labor-Arbeit in einer auf äußerste materielle Auswertung ausgerichteten Praxis geleistet wird, desto intensiver und behutsamer muß sich die Schule der Versuchstätigkeit annehmen ... Die Zeiten, in denen Studium und Ausbildung für ein ganzes Leben ausreichten, sind vorbei. Wir müssen uns an den Gedanken gewöhnen, daß *unser geistiges und berufliches Rüstzeug ständig zu erneuern ist.* Vom Rhythmus dieser Erneuerung hängt die Chance ab, in irgendeinen wesentlichen Prozeß eingreifen zu können.»
Kurz nachdem diese Worte geschrieben waren, wurde in Basel der Fortgeschrittenenlehrplan mit eben diesen Zielen eingeführt. Auf eine Art und Weise, die Hofmann nicht unbedingt voraussah oder in jedem Fall geschätzt hätte, wurde und wird seine Vision – vorausschauend in jeder Hinsicht – realisiert.

Dafür, ein hundertprozentiger Erzieher zu sein, für die Stärke und Kraft seiner Persönlichkeit, mit der er sich sowohl um die materielle Qualität als auch um die klare Vorstellung der Ideen kümmerte, dafür, daß er dies in seiner eigenen Arbeit zu einer vorbildlichen Reife gebracht hat, stehe ich, und stehen, denke ich, wir alle tief in seiner Schuld. Danke schön, Armin.

Ken Hiebert, Philadelphia
Graphikfachklasse, Basel
1960–1964

With my simply constructed black-and-white-posters I have endeavored to do something to counteract the increasing trivialization of color evident since the Second World War on billboards, in modern utensils and in the entertainment industry. I tried to create a kind of counterpicture. Contradictory though the idea may appear at first, it seemed to me that finely graded gray values and the subtle disposition of light-and-dark figures evoke and leave more colorful and lasting impressions than the gaudy allurements purveyed by the entertainment industry. The rapid spread of color photography increasingly dominated the scene in the 50s and 60s. It encouraged the idea that visible, concrete reality can be precisely depicted, and the difference between actual events and the picture representing them can, in a sense, be abolished. This confusion of reality and artificiality caused by photomechanics and its associated printing processes has had a great influence on modern poster design. The advertising industry in particular was relieved of one of its major problems : it was no longer necessary for it to have facts and circumstances translated into pictures through "unreliable" graphic techniques (i. e. through artists, graphic designers, or illustrators). The work could be done directly with the flexible and controllable camera and the problems inseparable from the use of manual skills could be averted. Kingsize posters, of the kind favored by the food, tobacco and beverage industry, are, logically enough, increasingly stamped by this machine-made artwork and its color excesses. Our townscapes are dominated by this new form of objective pictorial communication.

In contrast to this artificially contrived world in which there is ever less discrimination between appearance and reality, I have tried to give the symbolic character of the picture more attention. I feel that a sensible and meaningful form of advertising can be achieved by simplification of the formal language and by restraint in the treatment of the verbal message. I was not prompted by advertising considerations in my work but rather by a feeling of regret that an important economic instrument should have begun to affect the cultural life of society so adversely. For, after all, a poster does more than simply supply information on the goods it advertises ; it also reveals a society's state of mind.

The quest for a satisfactory form of poster led me first of all to experiment with letterforms as seen in a series of posters for the Basel Kunsthalle in which only letters were used. I was led to tackle design problems in this context more by a penchant for looking at things philosophically than by any specific plan of action or line of thought. I was interested, and still am, in discovering what happens behind the sign-like construction of the letters, and under what conditions thoughts are set in motion or imagery created in the mind of the viewer. The letter acquires its formal power and a legibility that more or less transcends distance only in sizes bigger than those used currently in typography and therfore the kingsize poster provides an ideal proving ground for work and research. If the links between the reading process and the latent energies of the type are to be traced, then there must be transparency, formal simplicity, flexibility in the viewing distance, and maximum contrast between light and dark. In other words, the letter is by no means the neutral and colorless means of information it is persistently alleged to be. Letters elicit the reorganization of the objects they describe the instant the two processes of naming and the images evoked by this naming meet.

However, the change from printed to electronic media has prevented the fascinating possibilities inherent in typeface from being more broadly exploited in advertising. The explosive spread of color television gave fresh impetus to the notion that the screen can reproduce life down to the smallest detail and present it without loss of reality ; it barred the return to simple thinking, and prevented the development of a correlated formal language. Whereas in color photography, closely linked though it was with the representational, color was still able to retain something of its musical significance as a function of pictorial art, it was completely deprived of this power under the regime of television. People no doubt still fail to realize that, amidst streams of light, amidst words, noises and background music, color inevitably loses its own musicality. Its inner substance breaks down under conditions where there is a continual interfusion of motifs and in fields where the most important positions in terms of design have already been pre-empted by other elements. It was this realization that strengthened my resolve to use color sparingly in posters and to see it as sharply constrasting with the multicolored profusion of television. I was guided by the idea that finely tuned patches of color within large, neutral areas can generate greater expressive energy. Color television not only ruins people's appreciation of color but it also intrudes on the way in which most of them scheduled their time in the past. The haphazardly linked items of information flitting before the eyes of the viewer leave him with less and less freedom to decipher the images registered in his mind, let alone to question their content. Images, colors, words and music must bow to the tyranny of the new dispensation of time and become distractions instead of conveying meaningful information. And in so doing, these pictures leave behind traces of the unexplained or subliminal in sharp contrast to the sprightliness with which they are purveyed to the viewer's eye. Thus I also tried to set up a strategy against the television form of presentation and to embody this in photographic posters. I was interested primarily in the phenomena of meaning and changes of meaning. In my concept of the posters for the municipal theater from 1956 to 1970 I wanted to try out what I had learned and experienced in long years of intensive study and to give it visible form. It seemed to me that the research carried on by semioticians afforded certain approaches to the kind of problem we encounter in everyday life. As a freelance designer, and also as a teacher, I made it the aim of my work to take visual systems, or parts thereof, that had previously operated independently and to contrast, superimpose and merge them. It was, of course, a question of finding a new language with which complex sets of circumstances could be given visible shape without the risk of optical confusion or distortion.

The object of information is optimally achieved only when a certain state of rest prevails. Movement deprives it of its communicative force, of its right to be taken seriously. Hence my thinking around the creation of counterpictures (including posters constructed on semiotic principles) has continually centered on simplicity and stability. The poster is outstanding as a medium in which the force inherent in simple things can truly make an impact.

Another factor that has determined my way of working is a profound mistrust of the rapidly growing and increasingly radicalized mechanization and technicalization of all the spheres subsumed under the term "visual communication." Design and reproduction have always been indissolubly linked together, and it is not possible to push ahead with one without taking the other along as well. The working methods prescribed by the new reproduction techniques are intended to ensure a rapid, trouble-free process. It would therefore be contrary to all previous experience if the "philosophy" of the "fast, trouble-free and economical" did not also affect those parts of the work which have least need of speed and would indeed founder on it. The time needed for design and exploratory study, even if "only" in connection with advertising and information, cannot be pared down to an arbitrary minimum. On the assumption that the concept "information" also has connotations of "education," the visualization up of symbols, pictures and words is a task of increasing responsibility demanding greater care and a more generous allocation of time.

The return to a simple but integrated procedure in which idea, design, execution, reproduction and production can be handled as a unit must not be interpreted as a return to the "age of manual labor." Rather, I am concerned to know whether the central elements within an already highly complex work cycle can be changed so indiscriminately and so much to the detriment of man's capacity to influence and be influenced.

My own work as a teacher and a practitioner is in any event inconceivable unless it raises the perennial problem of the fundamentals underlying an activity in which thought, development and execution must form a unit. In this world based on the division of labor the principles of fragmentation are being extended to spheres which are by nature indivisible.

This trend I have attempted to counteract in my poster designs.

Armin Hofmann

Mit meinen einfach gebauten schwarz/weiß Plakaten versuchte ich der zunehmenden Trivialisierung der Farbe, wie sie nach dem 2. Weltkrieg an den Plakatsäulen, den modernen Gebrauchsgegenständen und innerhalb der Unterhaltungsindustrie zu beobachten war, etwas entgegenzusetzen: eine Art Gegenbild. So widersprüchlich der Gedanke auf den ersten Moment auch anmuten mag, mir schien, daß die fein abgestuften Grauwerte, die subtil eingesetzten hell/dunkel Figuren farbigere und nachhaltigere Eindrücke hervorrufen und hinterlassen, als die auf Reiz ausgerichtete Welt der Unterhaltungsindustrie. In dieser Umwelt der 50er und 60er Jahre spielte die sich rasch ausbreitende Farbfotografie eine immer wichtigere Rolle. Sie gab der Idee Auftrieb, daß die visuell faßbare Wirklichkeit präzise abzubilden sei, daß die Differenz zwischen dem eigentlichen Geschehen und dem entsprechenden Abbild in gewissem Sinne aufgehoben werden könne. Diese Vermischung von Wirklichkeit und Künstlichkeit durch die Fotomechanik und der an sie gekoppelten Drucktechnik hat auf das moderne Plakatschaffen einen großen Einfluß ausgeübt. Vor allem die Werbewirtschaft wurde von einem Hauptproblem entlastet: Die bildhafte Übertragung eines Tatbestandes oder Sachverhaltes mußte nicht mehr, wie bis dahin mittels «unzulässiger» graphischer Techniken erfolgen (durch Künstler, Graphiker, Illustratoren); sie konnte durch die flexible und kontrollierbare Kamera ohne handwerkliche Umsetzungsprobleme direkt realisiert werden.

Die Großplakate, wie sie vor allem die Nahrungsmittel- und Genußmittelindustrie herstellen läßt, zeigen folgerichtig zunehmend den Stempel dieser überfarbigen Apparategraphik. Das Antlitz unserer städtischen Umwelt wird ganz durch diese neue Form der gegenständlichen Bildmitteilung geprägt.

Im Gegensatz zu dieser künstlich aufgebauten Welt in welcher Schein und Wirklichkeit immer weniger auseinander zu halten sind, versuchte ich der zeichenhaften Kraft des Bildes mehr Beachtung zu schenken. Ich glaube, daß in der Vereinfachung der Formsprache und in der zurückhaltenden Behandlung der wortmäßig abgefaßten Mitteilung die Grundlage für eine vernünftige, sinnreiche Werbung liegt. Aber nicht werbe-

bezogene Gedanken waren Ausgangspunkt meiner Arbeitsweise, sondern eher ein Bedauern darüber, daß ein wichtiges wirtschaftspolitisches Mittel die Kultur des gesellschaftlichen Lebens so negativ zu bestimmen begann. Das Plakat gibt ja nicht nur Auskunft über die Dinge für die es wirbt, es vermittelt außerdem Hinweise über die geistige Haltung einer Gesellschaft.

Die Suche nach einer befriedigenden Plakatform führte mich zu einer vorerst experimentellen Beschäftigung mit der Type, wie sie in der Reihe der Buchstabenplakate für die Kunsthalle Basel zum Ausdruck kommt. Die hier aufgegriffenen Gestaltungsprobleme sind also eher auf eine Neigung hin zur philosophischen Betrachtung der Dinge zurückzuführen, als auf ein zweckbestimmtes Denken und Handeln. Mich interessierte und interessiert immer wieder, was sich hinter der zeichenhaften Konstruktion der Buchstaben abspielt, und unter welchen Bedingungen beim Betrachter Denkbewegungen, Denkbilder ausgelöst werden. Da der Buchstabe seine formale Kraft und eine einigermaßen distanzunabhängige Lesbarkeit erst in Größenordnungen erreicht, die über den gängigen typographischen Massen liegen, stellte das große Plakat ein ideales Arbeits- und Forschungsobjekt dar.

Durchsichtigkeit, formale Einfachheit, Flexibilität in der Sichtweite, größtmögliche Auseinandersetzung zwischen Hell und Dunkel sind Voraussetzungen, um die Beziehungen zwischen dem lesbaren Vorgang und jenen Energien, die hinter der Type verborgen bleiben, verfolgen zu können. Der Buchstabe ist also keineswegs das neutrale, farblose Informationsmittel für das es immer wieder gehalten wird. Buchstaben führen zur Reorganisation der von ihnen beschriebenen Gegenstände in dem Moment, in dem sich die zwei Vorgänge: die Benennung und die aus dieser Benennung hervorgerufenen Bilder, begegnen.

Der Wechsel von den gedruckten zu den elektronischen Medien verhinderte aber, daß die faszinierenden Möglichkeiten die in der Type liegen breitere Anwendung in der Werbung finden konnten. Das sich rasch ausbreitende Farbfernsehen gab dem Glauben, Leben könne bis ins geringste Detail via Bildschirm wiederholt und ohne Wirklichkeitsverlust vorgeführt werden, erneut Auftrieb und blockierte die Rückkehr zum einfa-

chen Denken und verhinderte die Entwicklung einer entsprechenden Formensprache. Wenn Farbe in der Farbphotographie, trotz der engen Bindung zur Gegenständlichkeit, ihre eigene musikalische Bedeutung im Sinne einer bildkünstlerischen Funktion noch einigermaßen erhalten konnte, büßte sie diese Kraft durch die Fernsehgepflogenheiten vollends ein. Wahrscheinlich ist noch zu wenig erkannt worden, daß die Farbe zwischen flutendem Licht, zwischen Wörtern, Geräuschen und Hintergrundmusik, ihre eigene Musikalität verlieren muß. Ihr inneres Material zersetzt sich unter den Umständen eines ständigen Ineinanderfließens von Motiven und innerhalb von Wirkungsfeldern, auf denen die wichtigsten gestaltbezogenen Positionen schon von anderen Elementen besetzt sind. Diese Erfahrung bestärkte mich darin, Farbe im Plakat vorsichtig einzusetzen und sie in klaren Gegensatz zur Fernsehbuntheit aufzufassen. Wegleitend war dabei der Gedanke, daß feinabgestimmte Farbflecken innerhalb großer, neutral gehaltener Flächen ihre Kräfte besser zum Ausdruck bringen können. Neben dem Verlust eines allgemeinen Farbverständnisses, führt das Farbfernsehen bei den meisten Leuten zu einem Bruch mit der gewohnten Art und Weise, wie sie das Element Zeit in der Vergangenheit einordneten. Die rasch vorüberfließenden, kontextlos aneinandergehängten Informationen gewähren dem Beschauer immer weniger Freiheit, die aufgenommenen Bilder zu entschlüsseln oder gar deren Inhalt in Frage zu stellen. Bilder, Farben, Worte und Musik geraten unter dem Diktat der neuen Zeitordnung zur Zerstreuung anstatt zu einer sinnreichen Information. Dabei hinterlassen diese Bilder Spuren des Unerklärten und Unbewußten, im Gegensatz zur leichtfüßigen Art und Weise, mit der sie in Erscheinung treten. Auch in Bezug auf die Darstellungsformen des Fernsehens verfolgte ich also eine Gegenstrategie und versuchte, diese in den photographischen Plakaten zu verwirklichen. Vor allem interessierten mich die Phänomene der Bedeutung und des Bedeutungswandels. Im Konzept der Stadttheaterplakate 1956–1970 wollte ich Einsichten und Erfahrungen aus langjährigen, intensiv betriebenen Untersuchungen erproben und sichtbar machen. Es schien mir, daß in den Forschungsbemühungen wie sie durch die Zeichentheoretiker vorangetrieben wurden, einige Ansätze liegen im Hinblick auf alltägliche Probleme, wie sie innerhalb der visuellen Kommunikation auf uns zukommen. Als freischaffender Graphiker, wie auch als Pädagoge, arbeitete ich daran, bis jetzt getrennt operierende visuelle Systeme oder einzelne Teile davon, einander gegenüber zu stellen, übereinander zu legen, ineinander fließen zu lassen. Es galt ja, einer neuen Sprache auf die Spur zu kommen, mittels derer komplexe Sachverhalte sichtbar gemacht werden können, ohne der Gefahr der optischen Irritierung und Verzerrung anheimzufallen. Informationen erreichen ihr Ziel nur in gewisser Ruhestellung optimal. In Bewegung verlieren sie ihre Mitteilungskraft, ihre Ernsthaftigkeit. Meine Vorstellungen in Bezug auf die Schaffung von Gegenbildern bewegen sich also immer wieder, (auch in den nach semiotischen Gesichtspunkten aufgebauten Plakaten), um das Thema der Einfachheit und Standfestigkeit. Das Plakat ist das Medium, mit dem die Kraft der einfachen Dinge hervorragend zum Ausdruck gebracht werden kann.
Ein weiterer Aspekt, der meine Arbeitsweise bestimmte, ist ein tiefes Mißtrauen gegenüber der rasch zunehmenden und radikal verlaufenden Mechanisierung und Technisierung aller Gebiete, die unter dem Begriff «visuelle Kommunikation» zusammengefaßt werden kann. Entwurf und Reproduktion waren immer unabänderlich aneinander geheftet und es ist nicht möglich, das eine voranzutreiben, ohne daß das andere mitgezogen wird. Die Arbeitsweisen, wie sie uns von den neuen Reproduktionstechniken vorgeschrieben werden, sind ausgerichtet auf den schnellen, reibungslosen Vorgang. Es wäre folglich entgegen aller vorliegenden Erfahrung, wenn sich die «Philosophie» des «Schnellen, Reibungslosen, Ökonomischen» nicht auch auf jene Arbeitsteile ausdehnen würde, die der Schnelligkeit am wenigsten bedürfen, ja an ihr zugrundegehen müßten. Die Entwurfs- und Erkundungsarbeit, auch wenn sie sich «lediglich» auf Werbe- und Informationsaufgaben bezieht, kann zeitlich nicht unbeschränkt eingeengt werden. Wenn man davon ausgeht, daß unter dem Begriff «Information» etwas zu verstehen ist, das auch noch mit «Bildung» in Berührung steht, müssen Symbole, Bilder, Worte, die der Visualisierung dienen

sorgfältiger, verantwortungsbewußter, zeit-
intensiver bearbeitet werden.
Die Rückkehr zum einfachen aber in sich ge-
schlossenen Vorgang, in dem Idee, Entwurf,
Ausführung, Reproduktion und Produktion
als Einheit bewältigt werden können, ist also
nicht im Sinne einer Rückkehr in das «handwerkliche Zeitalter» zu verstehen. Vielmehr
möchte ich der Frage nachgehen, ob die
Schwerpunkte innerhalb eines ohnehin
komplizierten Kreislaufes so unbesehen und
zu ungunsten eines Einflußvermögens des
Menschen verändert werden können.
Meine eigene Arbeit als Pädagoge und auch
als Praktiker ist jedenfalls nicht denkbar
ohne die immer wiederkehrende Frage auf-
zuwerfen nach den Grundlagen einer Tätigkeit, in welcher Denken, Entwickeln und
Ausführen eine Einheit bilden müssen. In
der modernen arbeitsteiligen Welt werden
aber die Prinzipien der Zerstückelung auch
auf Bereiche ausgedehnt, die ihrem Wesen
nach nicht unterteilbar sind.
Dieser Entwicklung versuchte ich in meinem
Plakatschaffen entgegenzusteuern.

Armin Hofmann

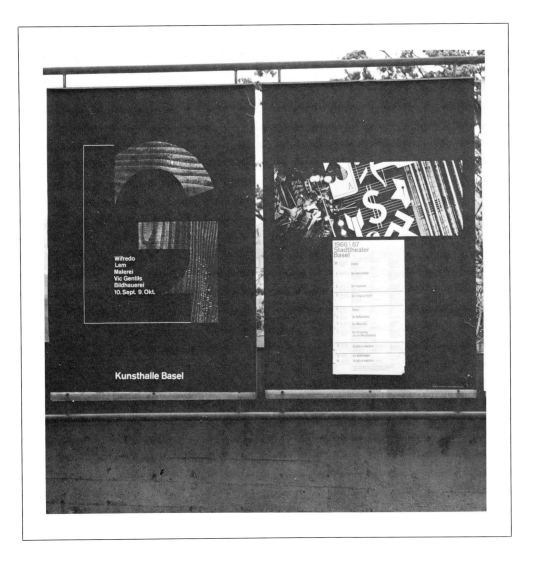

In centers where the streets are still not met-
ropolitanized and road users of every kind can
congregate in a small space the poster is an effective means of information. I tried to develop
a mural-like poster to suit these conditions.

Poster 90 × 128 cm
Exhibition
Sutherland/Lissitzky
Linocut
black/white
1966
**Plakat 90 × 128 cm
Ausstellung
Sutherland/Lissitzky
Linolschnitt
schwarz/weiß
1966**

In jenen Zentren, wo die Straßenzüge noch keine großstädtische Form angenommen haben, wo sich die verschiedensten Verkehrsteilnehmer auf kleinem Raum begegnen können, sind Plakate sinnvolle Informationsmittel. Ich versuchte, eine wandbild-

ähnliche Form zu entwickeln, die diesen Verhältnissen entspricht.

Poster 90 × 128 cm
Exhibition
Baumeister/Nay
Linocut
black/white/red
1959

Plakat 90 × 128 cm
Ausstellung
Baumeister/Nay
Linolschnitt
schwarz/weiß/rot
1959

Poster 90 × 128 cm
Exhibition
Klein/Jensen
Papercut
black/white/brown
1960

Plakat 90 × 128 cm
Ausstellung
Klein/Jensen
Papierschnitt
schwarz/weiß/braun
1960

Poster 90 × 128 cm
Exhibition
Smith/Janssen
Lithograph
black/white
1967
Plakat 90 × 128 cm
Ausstellung
Smith/Janssen
Lithographie
schwarz/weiß
1967

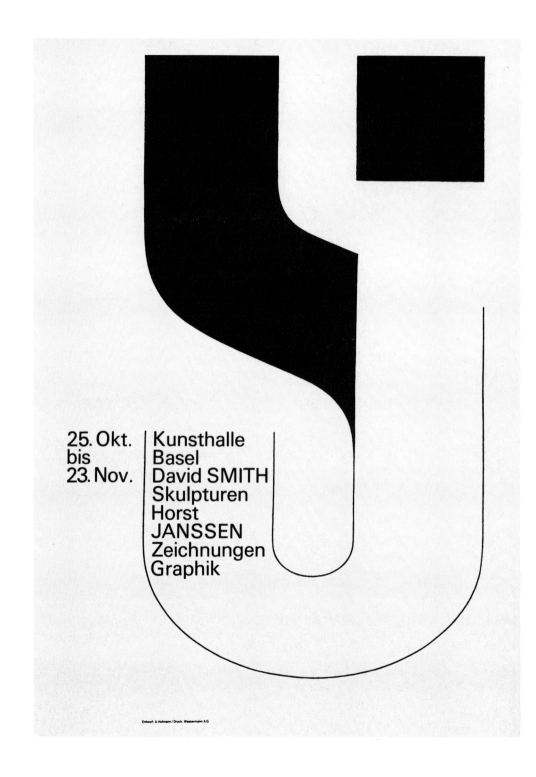

Poster 90 × 128 cm
Exhibition
Estève/Lardera
Linocut
black/white
1958
Plakat 90 × 128 cm
Ausstellung
Estève/Lardera
Linolschnitt
schwarz/weiß
1958

Kunsthalle Basel
Maurice Estève
Malerei
Berto Lardera
Skulptur
10. Juni bis
16. Juli

The majority of the posters designed for the Kunsthalle Basel were intended to advertize two-man or group exhibitions. The contents were therefore always multiple and had to be shown in a confrontation of varying complexity (For example: painter/sculptor, colorist/ draughtsman, surrealist/constructivist).

Poster 90 × 128 cm
Exhibition
Martin/Morlotti/Schiess
Lithograph
black/two different shades
of red
1966
Plakat 90 × 128 cm
Ausstellung
Martin/Morlotti/Schiess
Lithographie
schwarz/zwei verschie-
dene rot
1966

Phillip Martin Ennio Morlotti Hans R. Schiess
Kunsthalle Basel 28. Januar–5. März

Bei den Ausstellungsplakaten für die Kunsthalle Basel handelte es sich mehrheitlich um die Ankündigung von Doppel- oder Gruppenausstellungen. Demzufolge mußten immer zahlreiche Inhalte berücksichtigt und in mehr oder weniger komplizierten Gegenüberstellungen aufgezeigt werden. (Zum

Beispiel: Maler/Bildhauer, Kolorist/Zeichner, Surrealist/Konstruktivist)

Poster 90 × 128 cm
Exhibition
Lam/Gentils
Photolithograph
black/white
1966
Plakat 90 × 128 cm
Ausstellung
Lam/Gentils
Photolithographie
schwarz/weiß
1966

Junge holländische Bildhauer
15. Okt. bis 20. Nov. **Kunsthalle Basel**

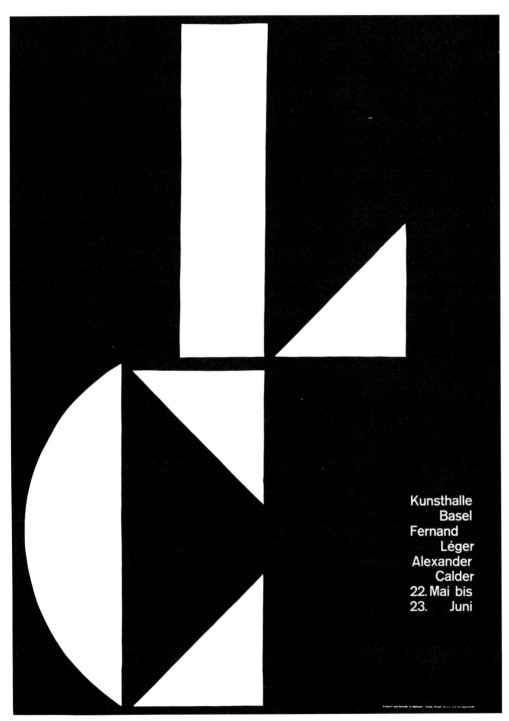

Poster 90 × 128 cm
Exhibition
Léger/Calder
Lithograph
black/white
1957
Plakat 90 × 128 cm
Ausstellung
Léger/Calder
Lithographie
schwarz/weiß
1957

Kunsthalle
Basel
Fernand
Léger
Alexander
Calder
22. Mai bis
23. Juni

Poster 90 × 128 cm
Exhibition
Young Berliners
Lithograph
black/yellow/red
1961
Plakat 90 × 128 cm
Ausstellung
Junge Berliner
Lithographie
schwarz/gelb/rot
1961

Poster 90 × 128 cm
Exhibition
German Artists
Linocut
black/white
1962

Plakat 90 × 128 cm
Ausstellung
Deutsche Künstler
Linolschnitt
schwarz/weiß
1962

Poster 90 × 128 cm
Exhibition
Wood as a Building Material
Basel Museum of Applied
Arts
Linocut
black/white
1955
Plakat 90 × 128 cm
Ausstellung
Das Holz als Baustoff
Gewerbemuseum Basel
Linolschnitt
schwarz/weiß
1955

Small Poster
29,7 × 42 cm
Theatrical Performance
William Tell
Lithograph
black/white
1963
Kleinplakat 29,7 × 42 cm
Theateraufführung
Wilhelm Tell
Lithographie
schwarz/weiß
1963

41

Poster 90 × 128 cm
Exhibition
Rothko/Chillida
Chromolithograph
red/brown/black
1964
Plakat 90 × 128 cm
Ausstellung
Rothko/Chillida
Farblithographie
rot/braun/schwarz
1964

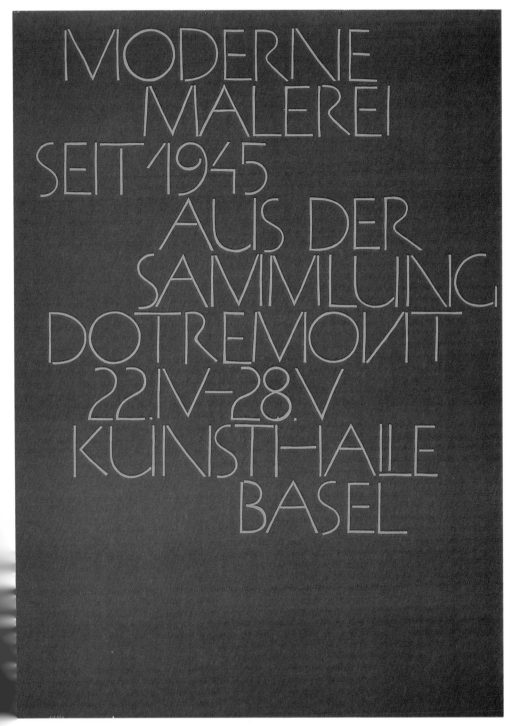

Poster 90 × 128 cm
Exhibition
Collection Dotremont
Linocut
two shades of blue
1960
Plakat 90 × 128 cm
Ausstellung
Sammlung Dotremont
Linolschnitt
zwei blau
1960

Poster 90 × 128 cm
Exhibition
Good Design
Swiss Industries Fair Basel
Lithograph
black/white
1954
Plakat 90 × 128 cm
Ausstellung
Die gute Form
Mustermesse Basel
Lithographie
schwarz/weiß
1954

TEMPEL und
TEE-
HAUS in
JAPAN

Poster 90 × 128 cm
Exhibition
Temple and Teahouse
Basel Museum of Applied
Arts
Linocut
red/white
1955
Plakat 90 × 128 cm
Ausstellung
Tempel und Teehaus
Gewerbemuseum Basel
Linolschnitt
rot/weiß
1955

**Tempel und Teehaus
in Japan
Ausstellung im
Gewerbemuseum
Basel
täglich geöffnet
4. Mai bis 31. Mai
10-12 und 14-18 Uhr
Eintritt frei**

Billboard
Poster Exhibition of
Armin Hofmann
The Museum of Modern Art,
New York
1981

Plakatwand
Plakatausstellung
Armin Hofmann
The Museum of Modern
Art, New York
1981

46

Poster 180 × 128 cm
Young Spanish Painters
Lithograph
gray/orange/black
1960

Plakat 180 × 128 cm
Junge spanische Maler
Lithographie
grau/orange/schwarz
1960

Poster 90 × 128 cm
Exhibition
Walter J. Möschlin
Lithograph
shades of gray
1969
Plakat 90 × 128 cm
Ausstellung
Walter J. Möschlin
Lithographie
verschiedene grau
1969

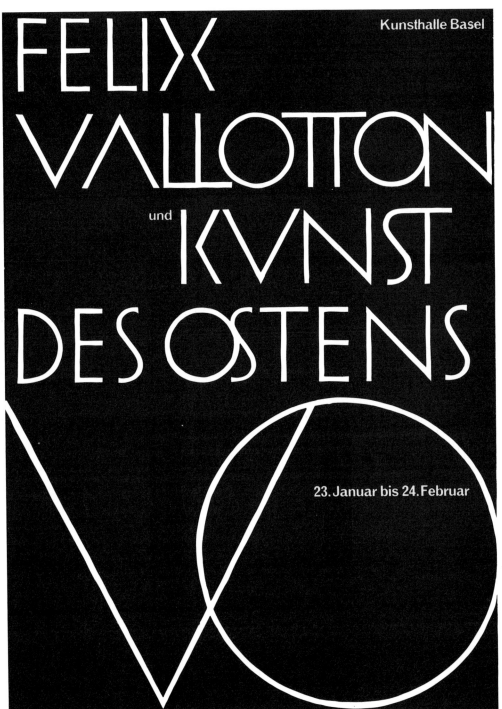

Poster 90 × 128 cm
Exhibition
Valloton/Eastern Art
Linocut
two-colored
1968
Plakat 90 × 128 cm
Ausstellung
Valloton/Kunst des Ostens
Linolschnitt
zweifarbig
1968

Poster 90 × 128 cm
Exhibition
Circle 48
Lithograph
black/yellow
1949
Plakat 90 × 128 cm
Ausstellung
Kreis 48
Lithographie
schwarz/gelb
1949

Poster 90 × 128 cm
Exhibition
Poliakoff/Jacobsen
Typograph/Linocut
black/red
1963
Plakat 90 × 128 cm
Ausstellung
Poliakoff/Jacobsen
Typographie/Linolschnitt
schwarz/rot
1963

Poster 90 × 128 cm
Concert
Verdi's Requiem
Offset
black/white
1982
Plakat 90 × 128 cm
Konzert
Verdi Requiem
Offset
schwarz/weiß
1982

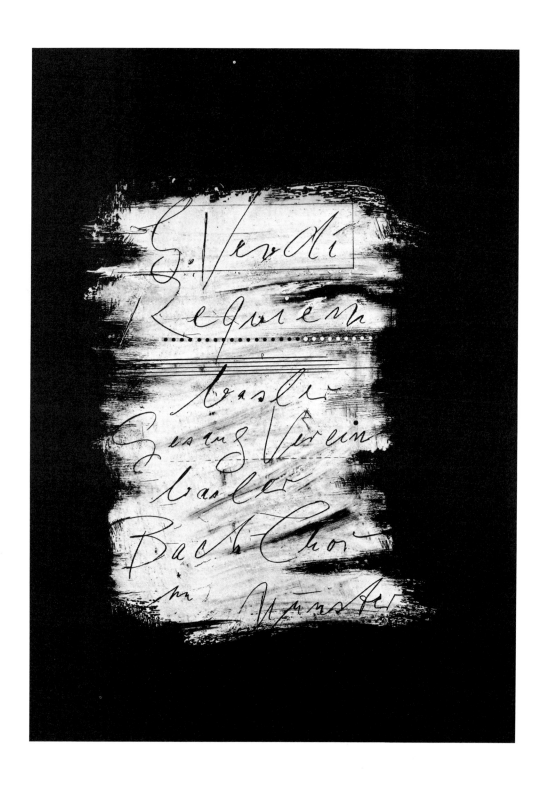

125 Jahre

Stadt Theater Basel

Poster 90 × 128 cm
125 Years Municipal Theater
Basel
Lithograph
black/white
1958
Plakat 90 × 128 cm
125 Jahre Stadttheater
Basel
Lithographie
schwarz/weiß
1958

Entwurf: A.Hofmann / Druck Wassermann AG

Poster 90 × 128 cm
Election Poster
Rheingau
Lithograph
black/white
1955
Plakat 90 × 128 cm
Abstimmungsplakat
Rheinau
Lithographie
schwarz/weiß
1955

Kunsterziehung in **usa**
Gewerbemuseum Basel
1. Sept.-7.Okt.

Poster 90 × 128 cm
Exhibition
Aesthetic Education
in the USA
Basel Museum of Applied
Arts
Lithograph
black/white
1960
Plakat 90 × 128 cm
Ausstellung
Kunsterziehung in USA
Gewerbemuseum Basel
Lithographie
schwarz/weiß
1960

Poster 90 × 128 cm
Exhibition
Cathedral Windows
Linocut
black/white
1952
Plakat 90 × 128 cm
Ausstellung
Münsterscheiben
Linolschnitt
schwarz/weiß
1952

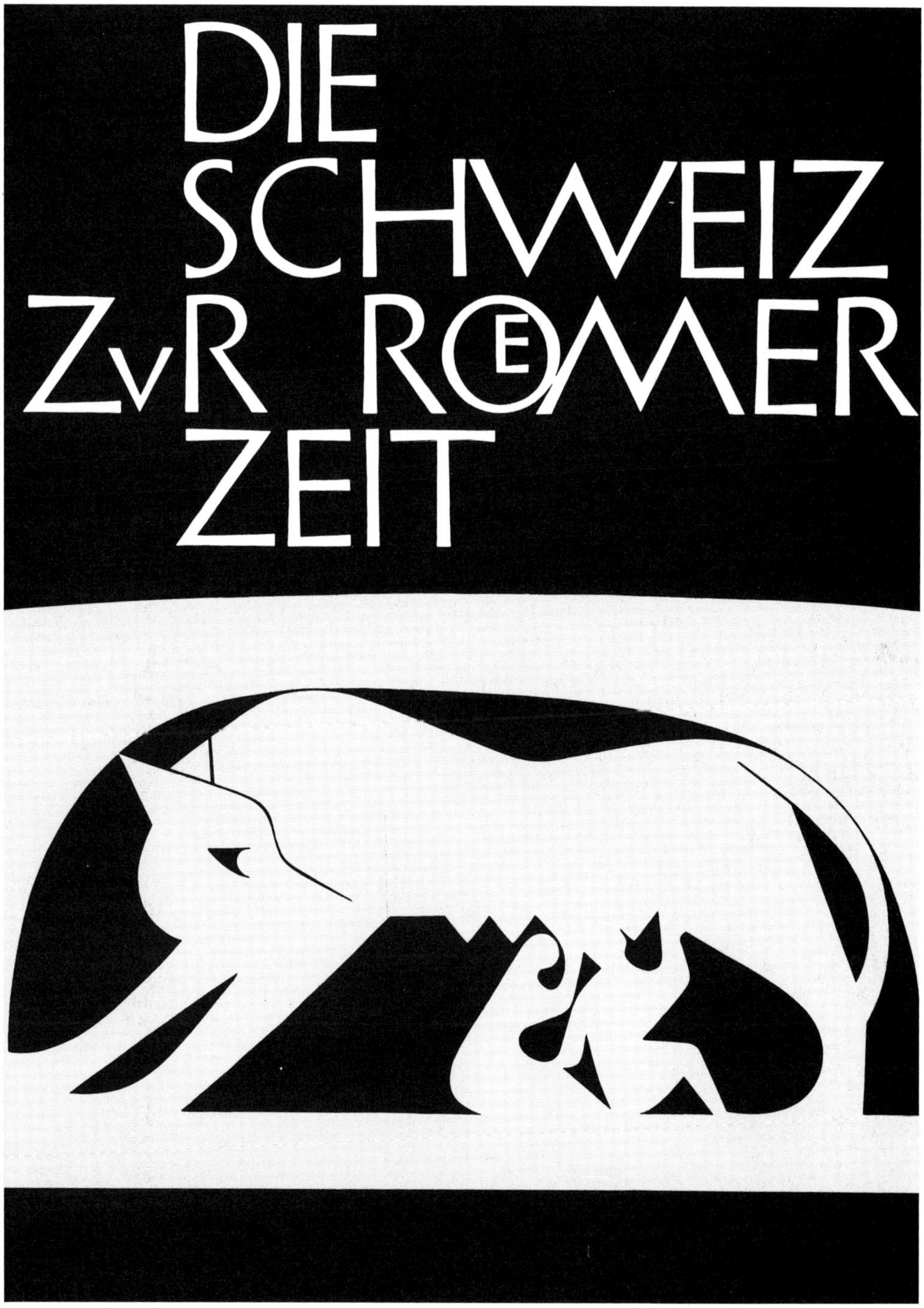

Poster 90 × 128 cm
Exhibition
Switzerland in Roman Times
Swiss Industries Fair Basel
Chromolithograph
red/ocher
1957
Plakat 90 × 128 cm
Ausstellung
Die Schweiz zur Römerzeit
Mustermesse Basel
Farblithographie
rot/ocker
1957

Poster 90 × 128 cm
Exhibition
Posters from the Collection
of the Basel Museum of
Applied Arts
Linocut
red/pink/black
1961
Plakat 90 × 128 cm
Ausstellung
Plakate aus der Sammlung
des Gewerbemuseums
Basel
Linolschnitt
rot/rosa/schwarz
1961

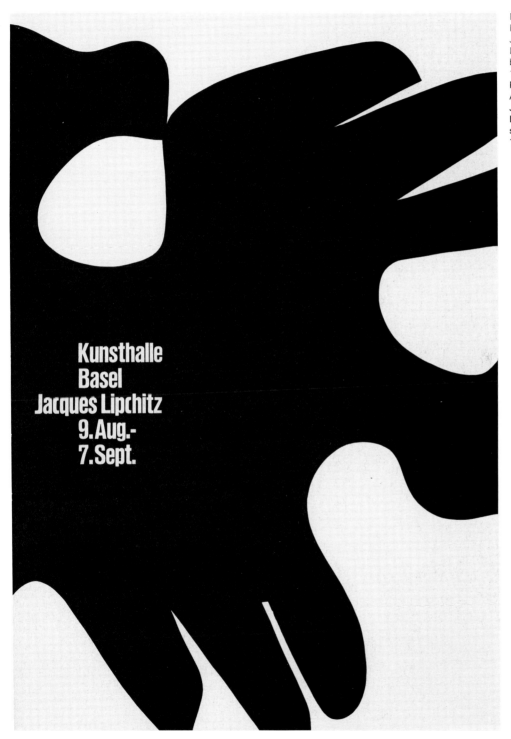

Kunsthalle
Basel
Jacques Lipchitz
9. Aug.-
7. Sept.

Poster 90 × 128 cm
Exhibition
Jacques Lipchitz
Linocut
black/brown/white
1958
Plakat 90 × 128 cm
Ausstellung
Jacques Lipchitz
Linolschnitt
schwarz/braun/weiß
1958

Poster 90 × 128 cm
Exhibition
German Applied Graphics
Basel Museum of Applied
Arts
Linocut
red
1954
Plakat 90 × 128 cm
Ausstellung
Deutsche Gebrauchs-
graphik
Gewerbemuseum Basel
Linolschnitt
rot
1954

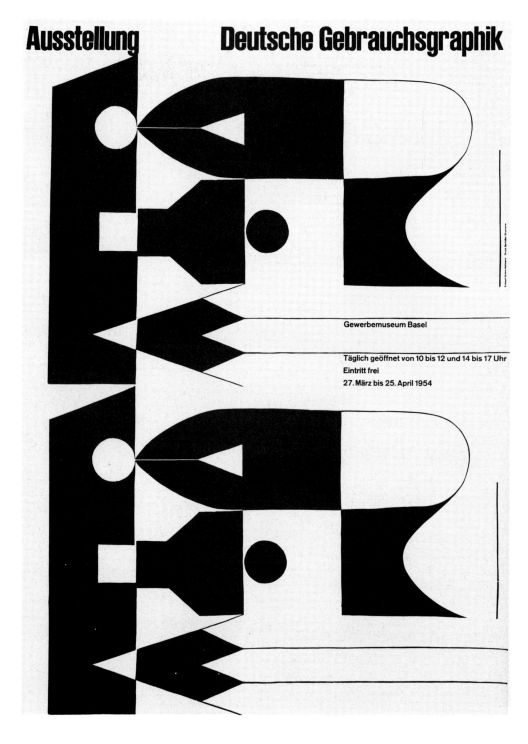

Ausstellung   Eidgenössisches
Stipendium für angewandte
Kunst 1985

Poster 90 × 128 cm
Exhibition
Swiss Scholarship for
Applied Art
Offset
red/black
1986
Plakat 90 × 128 cm
Ausstellung
Eidgenössisches
Stipendium für
angewandte Kunst
Offset
rot/schwarz
1986

Poster 90 × 128 cm
Exhibition
Housing Development in
Switzerland 1938–47
Basel Museum of Applied
Arts
Linocut
green/brown/black
1948
Plakat 90 × 128 cm
Ausstellung
Siedlungsbau in der
Schweiz 1938–47
Gewerbemuseum Basel
Linolschnitt
grün/braun/schwarz
1948

Siedlungsbau in der Schweiz 1938-47

Ausstellung im Gewerbemuseum Basel
19.Dezember 1948 bis 30.Januar 1949
Geöffnet täglich 10-12 und 14-18 Uhr
Eintritt frei

Entwurf Hofmann. Druck AGS Basel

Poster 90 × 128 cm
Exhibition
Moore/Schlemmer
Linocut
black/light brown
1955
**Plakat 90 × 128 cm
Ausstellung
Moore/Schlemmer
Linolschnitt
schwarz/hellbraun
1955**

Poster 90 × 128 cm
Theater Promotion
The Number of Subscribers
is Increasing
Lithograph
black/blue
1957
Plakat 90 × 128 cm
Theaterwerbung
Die Abonnentenzahl
steigt
Lithographie
schwarz/blau
1957

Saison-Beginn 19. September 1958
Stadt Theater Basel
Sind Sie auch Abonnent?

Poster 90 × 128 cm
Theater Promotion
Music and Drama
Lithograph
dark brown
1958
Plakat 90 × 128 cm
Theaterwerbung
Musik und Spiel
Lithographie
dunkelbraun
1958

Poster 90 × 128 cm
Christmas Poster
Municipal Theater Basel
Lithograph
black/white
1959
Plakat 90 × 128 cm
Weihnachtsplakat
Stadttheater Basel
Lithographie
schwarz/weiß
1959

Poster 90 × 128 cm
Theater Publicity
Ear and Eye
Photolithograph
yellow/black
1955
Plakat 90 × 128 cm
Theaterwerbung
Ohr und Auge
Fotolithographie
gelb/schwarz
1955

Poster 90 × 128 cm
Season Poster
Municipal Theater Basel
with Weekly Program
Photolithograph
black/white
1959
Plakat 90 × 128 cm
Saisonplakat Stadttheater
Basel
mit Wochenspielplan
Fotolithographie
schwarz/weiß
1959

Poster 90 × 128 cm
Season Poster
Municipal Theater Basel
with Weekly Program
Photolithograph
black/white
1960
Plakat 90 × 128 cm
Saisonplakat Stadttheater
Basel
mit Wochenspielplan
Fotolithographie
schwarz/weiß
1960

In designing the posters for the Municipal Theater from 1957 to 1970, I wanted to give practical and visible expression to the knowledge and experience I had garnered in many years of intensive study of signs. It seemed that the lines of research on which semioticians had embarked held some important implications for the solution of the problems that face all designers within the field of visual communication.

Photographic Experiments for the Season Poster 1967
Photographische Experimente zum Saisonplakat 1967

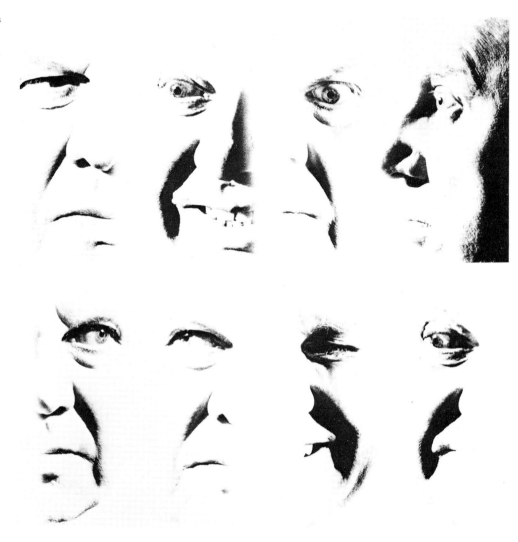

Im Konzept der Stadt-Theaterplakate 1957–1970 wollte ich Erkenntnisse und Erfahrungen aus langjährigen, intensiv betriebenen Zeichenuntersuchungen praktisch sichtbar machen. Es schien, daß gerade in den Forschungsansätzen, wie sie durch die Semiotiker angedeutet werden, einige wichtige Aussagen liegen, im Hinblick auf allgemeingültige Gestaltungsprobleme, wie sie innerhalb der visuellen Kommunikation auf uns zukommen.

Während der Saison 1967/68 finden Sie an dieser Stelle den Spielplan.

Der Saisonprospekt ist erschienen; er orientiert Sie über den Spielplan, das Ensemble und die günstigen Abonnements.

**Stadt
theater
Basel**

Poster 90 × 128 cm
Season Poster
Municipal Theater Basel
with Weekly Program
Photolithograph
black/white
1967

Plakat 90 × 128 cm
Saisonplakat Stadttheater
Basel
mit Wochenspielplan
Fotolithographie
schwarz/weiß
1967

A. Hofmann / Photo Mathys, Wassermann AG

Poster 90 × 128 cm
Season Poster
Municipal Theater Basel
with Weekly Program
Photolithograph
black/white
1961
Plakat 90 × 128 cm
Saisonplakat Stadttheater
Basel
mit Wochenspielplan
Fotolithographie
schwarz/weiß
1961

Stadt
Theater
Basel

Poster 90 × 128 cm
Season Poster
Municipal Theater Basel
with Weekly Program
Photolithograph
black/white
1957
Plakat 90 × 128 cm
Saisonplakat Stadttheater
Basel
mit Wochenspielplan
Fotolithographie
schwarz/weiß
1957

Saison 1964/65
Theater
als Zeitspiegel

Während der
Saison 1964/65
finden Sie
an dieser Stelle
den Spielplan.

Der
Saisonprospekt
ist erschienen;
er orientiert Sie
über den
Spielplan, das
Ensemble und die
günstigen
Abonnements.

Poster 90 × 128 cm
Season Poster
Municipal Theater Basel
with Weekly Program
Photolithograph
black/white
1963
Plakat 90 × 128 cm
Saisonplakat Stadttheater
Basel
mit Wochenspielplan
Fotolithographie
schwarz/weiß
1963

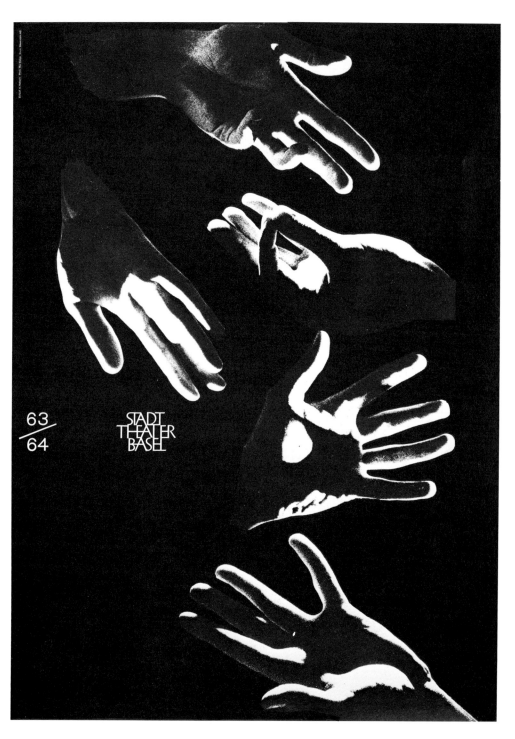

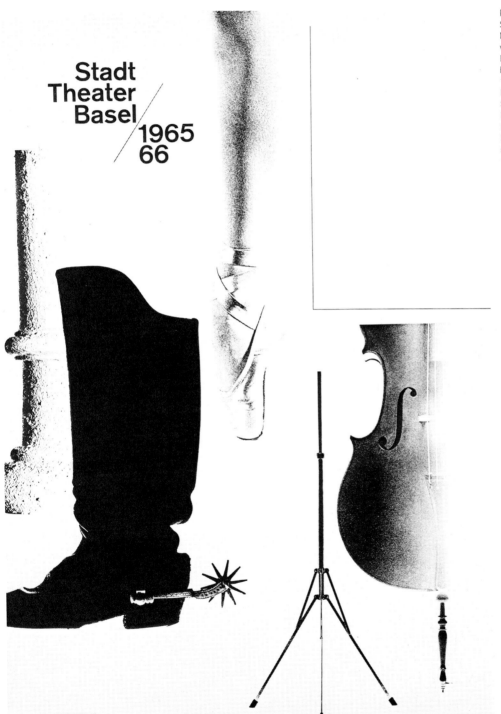

Stadt
Theater
Basel / 1965
66

Poster 90 × 128 cm
Season Poster
Municipal Theater Basel
with Weekly Program
Photolithograph
black/white
1965
Plakat 90 × 128 cm
Saisonplakat Stadttheater
Basel
mit Wochenspielplan
Fotolithographie
schwarz/weiß
1965

Poster 90 × 128 cm
Season Poster
Municipal Theater Basel
with Weekly Program
Photolithograph
black/white
1962
Plakat 90 × 128 cm
Saisonplakat Stadttheater
Basel
mit Wochenspielplan
Fotolithographie
schwarz/weiß
1962

Stadt
theater
Basel

Musik-Akademie der Stadt Basel
Schola Cantorum Basiliensis

Ye Olde
Musicke
Fayre

Ein Wandelkonzert mit Musik
der Tudor-Zeit
in den Höfen und Sälen
der Musik-Akademie
Samstag, 5. Juni 1982
16.00 Uhr bis 20.00 Uhr
Erwachsene Fr. 5.-, Kinder Fr. 2.-
Lehrer und Schüler der Musik-Akademie
haben freien Eitritt

Musik, Tanz, Cakes und Ale

Small Poster
29,7 × 42 cm
Basel Academy of Music
Photolithograph
black/white
1982
Kleinplakat 29,7 × 42 cm
Musikakademie Basel
Fotolithographie
schwarz/weiß
1982

Poster 90 × 128 cm
Concert
Brahm's Requiem
Basel Cathedral
Photolithograph
black/white
1986
Plakat 90 × 128 cm
Konzertveranstaltung
Requiem J. Brahms
Basler Münster
Fotolithographie
schwarz/weiß
1986

Preise der Plätze:
Fr. 38.-, 32.-, 24.-, 18.-, 13.-
Vorverkauf:
ab Montag, 26. Mai
„au concert"

Basler Münster

Basler Bach-Chor
Basler Gesangverein

Freitag, 6. Juni
und Samstag, 7. Juni, 20.00 Uhr
Sonntag, 8. Juni, 19.00 Uhr
Rosmarie Hofmann, Sopran
Kurt Widmer, Bariton
Basler Sinfonieorchester
Leitung:
Hanns-Friedrich Kunz
Freiburg i. Br.

J. Brahms Ein Deutsches
REQUIEM

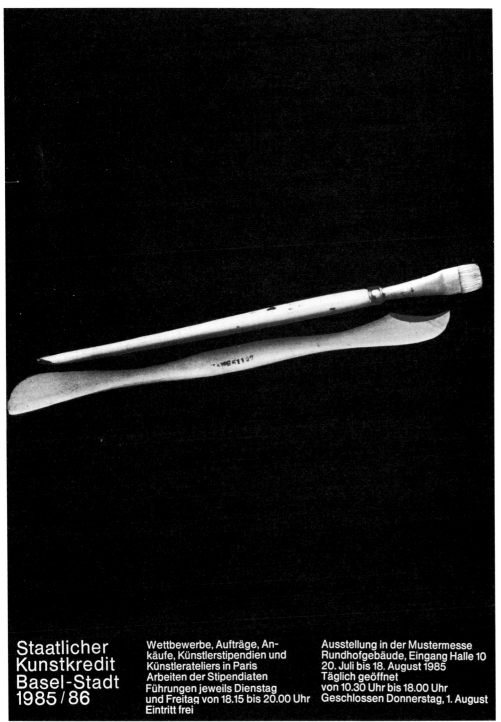

Poster 90 × 128 cm
Exhibition
Government Art Grant Basel
Swiss Industries Fair, Basel
Photolithograph
black/white
1985
Plakat 90 × 128 cm
Ausstellung
Staatlicher Kunstkredit
Basel-Stadt
Mustermesse Basel
Fotolithographie
schwarz/weiß
1985

Staatlicher Kunstkredit Basel-Stadt 1985/86

Wettbewerbe, Aufträge, An-
käufe, Künstlerstipendien und
Künstlerateliers in Paris
Arbeiten der Stipendiaten
Führungen jeweils Dienstag
und Freitag von 18.15 bis 20.00 Uhr
Eintritt frei

Ausstellung in der Mustermesse
Rundhofgebäude, Eingang Halle 10
20. Juli bis 18. August 1985
Täglich geöffnet
von 10.30 Uhr bis 18.00 Uhr
Geschlossen Donnerstag, 1. August

Election Poster 90 × 128 cm
Municipal Hospital Basel
Photolithograph
black/red
1970
Abstimmungsplakat
90 × 128 cm
Bürgerspital Basel
Fotolithographie
schwarz/rot
1970

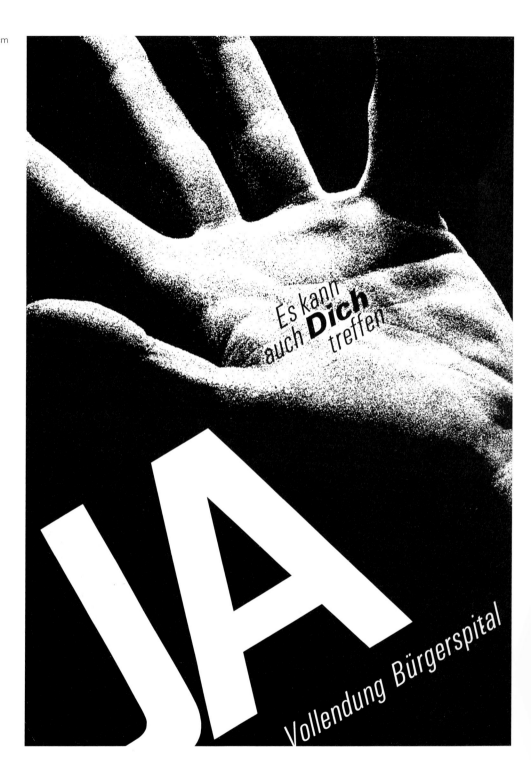

Staatlicher
Kunstkredit
Basel-Stadt
1985 / 86

Wettbewerbe, Aufträge, An-
käufe, Künstlerstipendien und
Künstlerateliers in Paris
Arbeiten der Stipendiaten
Führungen jeweils Dienstag
und Freitag von 18.15 bis 20.00 Uhr
Eintritt frei

Ausstellung in der Mustermesse
Rundhofgebäude, Eingang Halle 10
20. Juli bis 18. August 1985
Täglich geöffnet
von 10.30 Uhr bis 18.00 Uhr
Geschlossen Donnerstag, 1. August

Poster 70 × 100 cm
Exhibition Armin Hofmann
The Museum of Modern Art,
New York
Photolithograph
black/dark blue
1981
Plakat 70 × 100 cm
Ausstellung Armin Hof-
mann
The Museum of Modern
Art, New York
Fotolithographie
schwarz/dunkelblau
1981

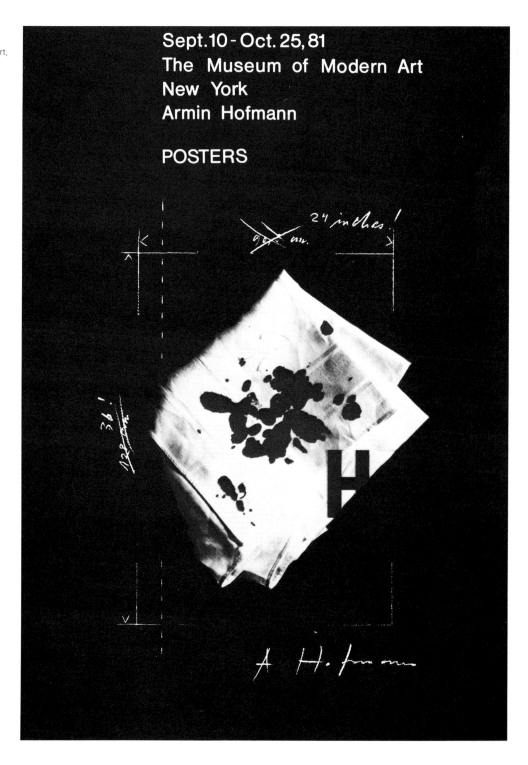

Schweiz
kleines Land
grosse
Landschaft

Poster 90 × 128 cm
Tourist Promotion
Small Country – Great
Landscape
(not exhibited)
Photolithograph
black/white
1965
Plakat 90 × 128 cm
Touristenwerbung
Kleines Land große
Landschaft
(nicht ausgestellt)
Fotolithographie
schwarz/weiß
1965

If the relationship between the letter and the picture is one of virtual equilibrium, a complicated interchange arises between them. Signs which are distinctly different in form but, in terms of meaning, carry similar contents, may lead to highly complex perceptual forms crammed with information.

Poster 90 × 128 cm
Exhibition
Hermann Baur
Architect
Photolithograph
black/white
1977
Plakat 90 × 128 cm
Ausstellung
Hermann Baur
Architekt
Fotolithographie
schwarz/weiß
1977

Wenn der Buchstabe mit dem Bild in ein fast gleichgewichtiges Verhältnis tritt, findet zwischen den beiden Elementen eine komplizierte Auseinandersetzung statt. Formal einander so fremd gegenüberstehende Zeichen, die aber von der Bedeutung her ähnliche Inhalte transportieren, können zu einer vielschichtigen, informationsreichen Wahrnehmungsform führen.

Poster 90 × 128 cm
General Poster for the
Exhibitions of the Basel
Museum of Applied Arts
Photolithograph
black/white
1967
Plakat 90 × 128 cm
Rahmenplakat für die
Ausstellungen des
Gewerbemuseums Basel
Fotolithographie
schwarz/weiß
1967

Aus den Sammlungen des Gewerbe-Museums Basel

Ausstellung Architekturtheoretische Werke

Geöffnet 29. April - 28. Mai täglich 10 - 12 und 14 - 17 Uhr

Poster 90 × 128 cm
Bread for Brothers (Charity)
Photolithograph
black/white
1970
Plakat 90 × 128 cm
Brot für Brüder
Fotolithographie
schwarz/weiß
1970

Voraussetzungen
schaffen
für den Aufbau
in der Dritten Welt

Entwurf Armin Hofmann   Photographie Max Mathys   Druck Art. Institut Orell Füssli AG

Basler Freilichtspiele
beim Letziturm im St. Albantal
15.-31. VIII 1963

Wilhelm Tell

Poster 90 × 128 cm
Basel Open-Air
Performances
William Tell
Photolithograph
black/white
1963
Plakat 90 × 128 cm
Basler Freilichtspiele
Wilhelm Tell
Fotolithographie
schwarz/weiß
1963

After the splendid examples produced by
Herbert Matter around 1935, the photographic
poster was very slow to develop in Switzerland.
Especially in Basel, where poster design until
the 1960s continued to be under the sway of
"The New Function," the photographic poster
had to make headway against stubborn resist-
ance.

Poster 90 × 128 cm
Exhibition
"Lace"
Basel Museum of Applied
Arts
Photolithograph
black/white
Photo: Helen Sager
1969
Plakat 90 × 128 cm
Ausstellung
«Spitzen»
Gewerbemuseum Basel
Fotolithographie
schwarz/weiß
Foto: Helen Sager
1969

Das photographische Plakat wurde in der Schweiz nach den hervorragenden Beispielen von Herbert Matter um 1935 nur zögernd weiterentwickelt. Besonders in Basel, wo die Plakatform bis in die Sechzigerjahre unter dem Einfluß der «Neuen Sachlichkeit» weitergepflegt wurde, konnte sich das photographische Plakat nur unter großen Widerständen entfalten.

Poster 90 × 128 cm
Basel Open-Air
Performances
Ballet "Giselle"
Photolithograph
black/white
Photo: Paul Merkle
1959
Plakat 90 × 128 cm
Basler Freilichtspiele
Ballet «Giselle»
Fotolithographie
schwarz/weiß
Foto: Paul Merkle
1959

Small Poster 27 × 22 cm
Yale Summer School
Brissago
Photolithograph
red/blue
1987

Kleinplakat 27 × 22 cm
Yale Sommerschule
Brissago
Fotolithographie
rot/blau
1987

In times like ours when the man-designed environment seems to be in a state of disintegration it becomes a duty of prime importance for the culturally aware to do something to halt the process. Armin Hofmann has seen the right way to set about the task and has done a truly pioneering job. It has been his chief concern in a world in which the old standards seem to be crumbling to find a new interpretation of the creative arts and to reintegrate them so as to allow a completely new start. Hofmann knows that in our society, and especially in our schools, artistic interests are very widely neglected; on the other hand he complains that many artists see their mission in isolation and are incapable of thinking themselves into a situation.

He has succeeded in reinvigorating a number of disciplines, framing the fundamentals of the creative process in contemporary terms, and allocating them to their proper place in general education. And this he has done as a highly regarded teacher of his subject – at Yale (USA) and Ahmedabad (India) – and above all as the head of the continuation course at the Basel School of Arts and Crafts, where he has worked for forty years. The aura of this School, together with Hofmann's multifaceted work in private and government bodies, is given expression in his book "Graphic Design Manual – Principles and Practice." Many of the rising generation who have won international recognition owe their training to Armin Hofmann.

He is insistent in his demand that the schools of art be mindful of their mission as pioneers instead of merely falling in line with rapidly changing trends. "The less energy and the less repose granted to the individual under the constraints of modern life, the more fundamental the values the creative artist must throw into the scales. The fewer the professions still calling for an element of creation in their work, the broader and deeper must be the approach of those institutions of education where artistic growth can still thrive."

In addition to all this, Armin Hofmann is an artist with a character all his own – a personality known throughout the world of graphic design – and hence one of those responsible for making this discipline a pioneer of modern art. His formulations surprise us by their intensity, precision and harmony, whether in his role as purveyor of cultural information, collaborator of planners and architects, as painter or sculptor, versatile designer or champion of "true advertising." He is all for abolishing the boundaries between designs with artistic aspirations and those with commercial aims, for only so can a genuine and unified form be found. Discipline and freedom must be seen as mutually enhancing elements of equal status. Education and practice must meet and mingle.

The examples illustrated are intended to document Hofmann's vision and philosophy. He is an impassioned advocate of the importance of color, of its finely judged application, of "color timbres" in architectural space and in landscape but he also bewails the growing insensitivity to color. In the regrettably small number of examples the beauty of the pictorial material in which Hofmann discloses his thinking is clearly manifest. In its enormous diversity his work is a reminder that, in all things, the big needs refinement, the complex needs simplicity, and the mysterious clarity.

Hans Peter Baur

In einer Zeit wie der unsrigen, in welcher sich die gestaltende Umwelt in einem Zerfallsprozeß zu befinden scheint, wird es zur kulturellen Aufgabe ersten Ranges, dieser Entwicklung Einhalt zu gebieten. Armin Hofmann hat es verstanden, sich dieser Aufgabe zu stellen und recht eigentlich pionierhaft zu wirken. Sein vordringliches Anliegen – in einer Welt, in der alte, gültige Normen an Substanz zu verlieren scheinen – gilt einer neuen Interpretation und einer neuen Integration der bildenden Künste, auf daß ein Neubeginn von Grund auf einsetze. Hofmann weiß: In unserer Gesellschaft und in den Schulen im besonderen wird den künstlerischen Belangen ganz allgemein nicht die notwendige Beachtung geschenkt; andrerseits beklagt er, daß viele Künstler ihre Aufgabe nur isoliert betrachten und sich nicht in eine Situation hineindenken können.

Es ist ihm gelungen, einer Vielfalt von Disziplinen neue Impulse zu geben, zeitgemäße Grundlagen des gestalterischen Prozesses zu formulieren und ihnen den nötigen Platz im Rahmen der Allgemeinbildung zuzuweisen: als in seinem Fach anerkannter Lehrer – Yale (USA), Ahmedabad (Indien) – und vor allem als Leiter der Fortbildungsklasse der Kunstgewerbeschule in Basel, in welcher er während 40 Jahren tätig war. Die Ausstrahlung dieser Wirkungsstätte hat sich zusammen mit Hofmanns vielseitigem Schaffen in privaten und staatlichen Gremien in seinem Buch «Methodik der Form- und Bildgestaltung» niedergeschlagen. Eine große Zahl des bald weltweit anerkannten Nachwuchses hat seine Ausbildung Armin Hofmann zu verdanken.

Immer wieder fordert er, daß die Kunstschulen sich auf ihren wegweisenden Auftrag besinnen, statt sich den raschen modischen Strömungen anzupassen. «Je weniger Ruhe und Kraft der in Zwängen lebende Mensch zur Verfügung hat, um so wesentlichere Werte muß der schöpferisch Engagierte in die Waagschale werfen. Je weniger Berufe es heute gibt, in denen noch gestalterische Teilgebiete bearbeitet werden, um so umfangreicher und grundlegender müssen jene Bildungsstätten ausgerichtet sein, in denen sich künstlerisches Wachstum entfalten kann.»

Darüber hinaus ist Armin Hofmann ein tätiger Künstler ganz eigener Prägung – bestens bekannt als Persönlichkeit in der Welt der Graphik – und als solcher dafür mitverantwortlich, diese Disziplin als Wegbereiterin der modernen Kunst einzusetzen. Er überrascht durch die Intensität, Präzision und Harmonie seiner Formulierungen, sei es im Dienste der kulturellen Information, als Mitarbeiter von Planern und Architekten, als Maler oder Bildhauer, als vielseitiger Gestalter oder als Verfechter einer «wahren Werbung». Er postuliert die Überwindung von Grenzen zwischen künstlerisch orientierten und kommerziell gezielten Aufgaben, da nur so eine echte Form der Einheit gefunden werden kann. Disziplin und Freiheit müssen als gleichberechtigte und gegenseitig sich steigernde Elemente aufgefaßt werden – Erziehung und Praxis müssen sich durchdringen.

Die abgebildeten Beispiele sollen Sicht und Philosophie Hofmanns dokumentieren. Er weist vehement auf die Bedeutung der Farbe hin, auf ihre nuancierte Anwendung, auf «Farbklänge» in Raum und Landschaft, beklagt aber auch die zunehmende Empfindungslosigkeit gegenüber der Farbe. In den leider nur wenigen Beispielen ist die Schönheit des Bildmaterials wahrnehmbar, mit dem Hofmann seine Gedanken preisgibt. In seiner Mannigfaltigkeit ruft es in Erinnerung, daß es in allen Dingen zum Großen auch des Feinen, zum Komplexen des Einfachen und zum Geheimnisvollen der Klarheit bedarf.

Hans Peter Baur

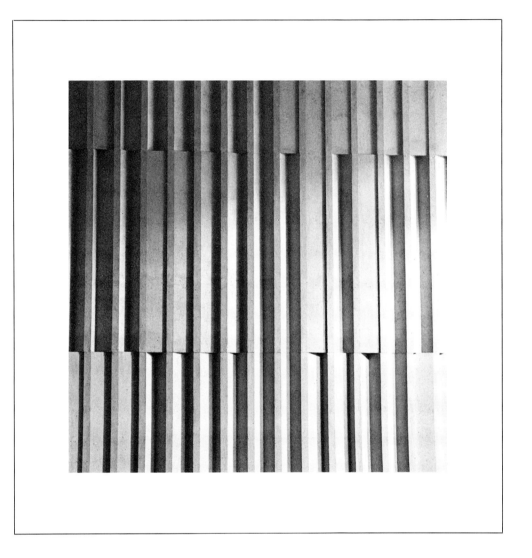

The group of facade pictures revolves round the idea of communication. Letters, figures, punctuation marks and characters from foreign cultures, pictographs and signals were the starting points for the design of the pictures created in concrete.

Wall Relief 4 × 4 m
Signs on Each Level Marking the Various Specialized Departments
High School
Disentis/GR
1975
Wandrelief 4 × 4 m
Stockwerkzeichen für die verschiedenen Fachbe-reiche
Gymnasium
Disentis/GR
1975

Die Gruppe von Stockwerkbildern kreist um das Thema Kommunikation. Buchstaben, Zahlen, Interpunktionen, Schriftzeichen aus fremden Kulturen, Bildzeichen und Signale waren Ausgangspunkte für die Gestaltung der Betonbilder.

Sketch and Wall Relief
«Foreign Languages»
1975
Skizze und Wandrelief
«Fremdsprachen»
1975

Wall Relief 4 × 4 m
Signs on Each Level Marking
the Various Specialized
Departments
High School
Disentis/GR
1975

Wandrelief 4 × 4 m
Stockwerkzeichen für die
verschiedenen Fachbe-
reiche
Gymnasium
Disentis/GR
1975

Wall Relief
"Eye and Ear"
School
Hochdorf/LU
1970
**Wandrelief
«Auge und Ohr»
Schulhaus
Hochdorf/LU
1970**

Wall Relief 2 × 2 m
Basel School of Design
i-Picture
1962
Wandrelief 2 × 2 m
Schule für Gestaltung
Basel
i-Bild
1962

Wall Relief 4 × 4 m
Basel School of Design
Elements of Writing
1962
Wandrelief 4 × 4 m
Schule für Gestaltung
Basel
Elemente der Schrift
1962

101

A new field of work was opened up by collaboration with the architects Hermann and Hans Peter Baur, Otto Senn, Rolf Gutmann and others. The concentration on spatial thinking and designing in terms of color was a salutary change from poster design, where, for reasons of principle, most of the work was done in black-and-white.

Corner Design
for the Post and Telegraph
Buildings
Air-Raid Shelters
Arlesheim/BL
1972
Eckbilder für TT- und PTT
Luftschutzräume
Arlesheim/BL
1972

Die Zusammenarbeit mit den Architekten Hermann und Hans Peter Baur, Otto Senn, Rolf Gutmann und anderen eröffnete ein zusätzliches Arbeitsfeld. Die Hinwendung zum räumlichen Denken und zum farbigen Gestalten brachte einen Ausgleich zum Plakat-schaffen, welches aus grundsätzlichen Überlegungen heraus mehrheitlich dem Schwarzweißkontrast verhaftet blieb.

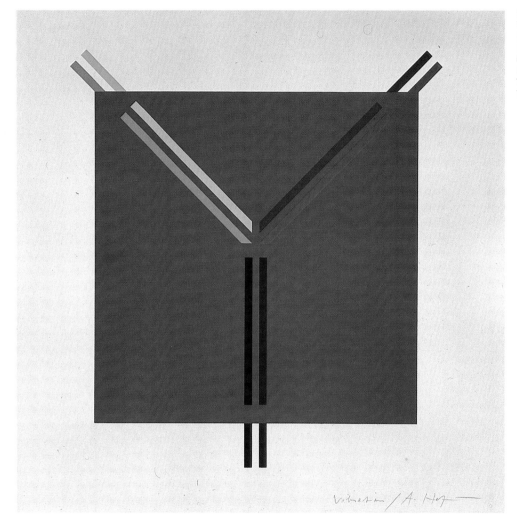

Colored Symbols for the Yale-Music School
7-colored Screen Painting
1973
**Farbzeichen für die Yale-Musikschule
7-farbiger Siebdruck
1973**

In contrast to the poster, where color comes into unexpected contention with other advertising means, the building allows color to deploy a life of its own virtually unimpaired. I tried to integrate color into the spatial setting and to use it as a sign-like extension of the basic architectonic idea.

Characters on Concrete
Partition between Rest Area
and Playground
Bachmatt School
Reinach/BL
1968
**Schriftzeichen auf der
Betontrennwand
zwischen Ruhe- und
Spielzone
Schulhaus Bachmatt
Reinach/BL
1968**

Im Gegensatz zur Farbe, die sich in Plakaten immer in unvorhergesehenen Auseinandersetzungen mit anderen Werbemitteln befindet, kann die Farbe am Bau ihr Eigenleben ohne große Einbuße beibehalten. Ich versuchte, Farbe in die räumlichen Gegebenheiten einzubinden und sie im Sinne einer zeichenhaften Weiterführung des architektonischen Grundgedankens anzuwenden.

Ceiling Fresco
with Ground Plan
Marienzentrum
Reinach/BL
1980
**Deckenmalerei
mit Grundrißzeichnung
Marienzentrum
Reinach/BL
1980**

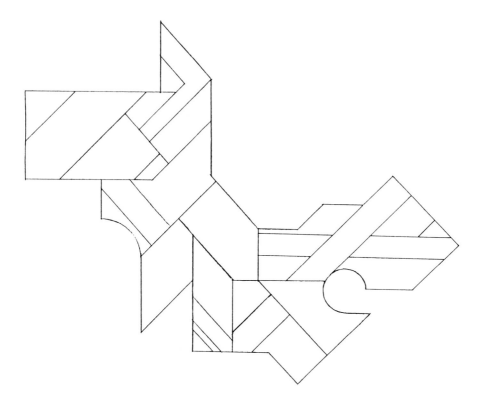

From the Series of Ceiling
Symbols for the Post and
Telegraph Buildings
Arlesheim/BL
1972
Aus der Reihe der
Deckenzeichen für die
TT- und PTT-Gebäude
Arlesheim/BL
1972

Colored Acoustic Wall
4 × 3 m
High School
Disentis/GR
1975
Farbige Akustikwand
4 × 3 m
Gymnasium
Disentis/GR
1975

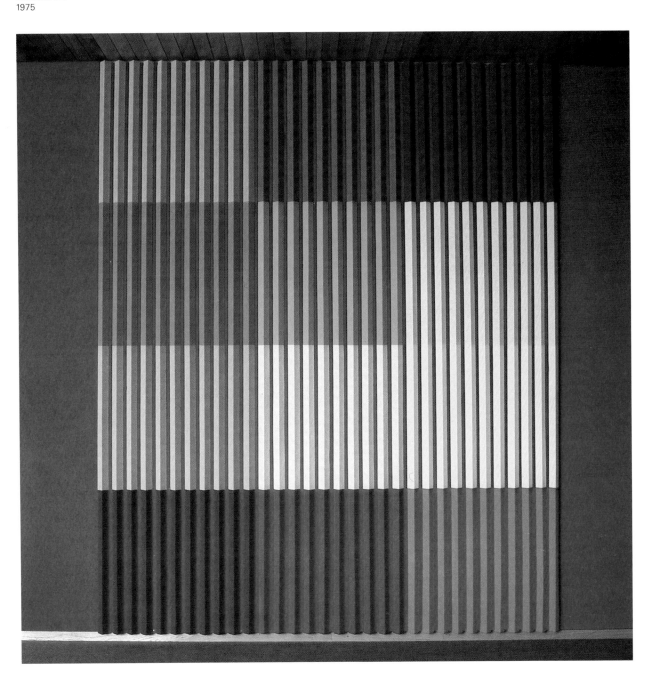

From the Series of
Glass Paintings
Church Schönenwerd/AG
1975
**Aus der Reihe von
Glasbildern
Kirche
Schönenwerd/AG
1975**

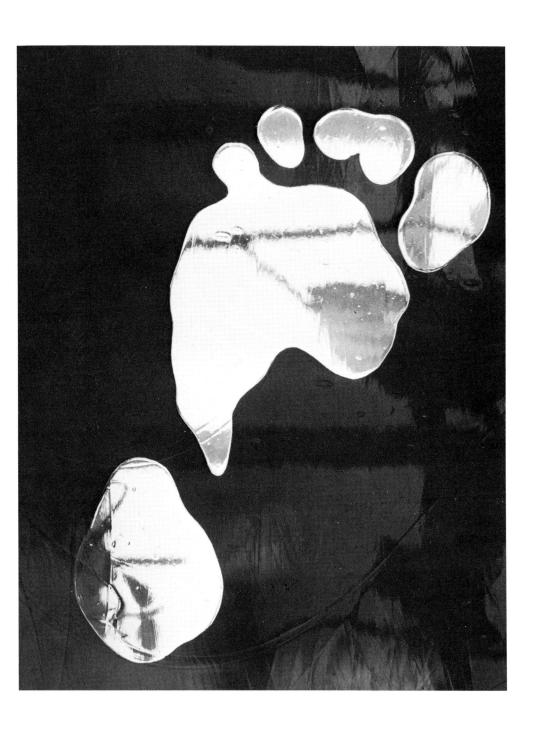

Floor Mosaic 20 × 10 cm
Catholic Church
Olten/SO
Marble
1957
Bodenmosaik 20 × 10 cm
Katholische Kirche
Olten/SO
Marmor
1957

Floor Mosaic 25 × 20 cm
Catholic Church
Olten/SO
Marble
1957
Bodenmosaik 25 × 20 cm
Katholische Kirche
Olten/SO
Marmor
1957

Concrete Walls
Sculptural Symbols with
Motifs of Characters and
Numbers
Bachmatt School
Reinach/BL
1968
**Betonwände
Raumzeichen mit Schrift-
und Zahlmotiven
Schulhaus Bachmatt
Reinach/BL
1968**

Acoustics Relief Made of
Concrete Parts
Catholic Church
Ennetbaden/AG
1968
Akustikrelief aus
Betonelementen
Katholische Kirche
Ennetbaden/AG
1968

116

Floor Tiles
Catholic Church
Ennetbaden/AG
1968
Bodenplatten
Katholische Kirche
Ennetbaden/AG
1968

Organization of a Yard
in Collaboration with the
Architect (Pillar Jean Arp)
Basel School of Design
1962
**Platzgestaltung in Zusam-
menarbeit mit
dem Architekten
(Säule Jean Arp)
Schule für Gestaltung
Basel
1962**

View of Recreation Area
from the Roof Garden
Basel School of Design
1962
Ansicht des Pausenhofes
vom Dachgarten
Schule für Gestaltung
Basel
1962

Platform Prototype
Basel School of Design
1962
Modell für die Tribüne
Schule für Gestaltung
Basel
1962

Platform with Pool
Bachmatt School
Reinach/BL
1968
**Tribüne mit Wasserbecken
Schulhaus Bachmatt
Reinach/BL
1968**

Set for "Oedipus"
Municipal Theater Basel
1970
**Bühnenbild für «Ödipus»
Stadttheater Basel
1970**

Set for
"The Bride of Messina"
Municipal Theater Basel
1970
Bühnenbild für
«Braut von Messina»
Stadttheater Basel
1970

Wooden Sculpture
Kindergarten
Breitenbach/SO
1969
Holzplastik
Kindergarten
Breitenbach/SO
1969

Concrete "Break Symbol" in
the Canteen of the Post and
Telegraph Buildings
Arlesheim/BL
1972
«Pausenzeichen» aus
Beton in der Mensa
TT- und PTT-Gebäude
Arlesheim/BL
1972

Marble Column in the
Stairwell of
the Bachmatt School
Reinach/BL
1968
**Marmorsäule im Treppen-
haus
Schulhaus Bachmatt
Reinach/BL
1968**

Sculptures
"Alpha and Omega"
White Marble
Community Center
Reinach/BL
1988
**Raumzeichen
«Alpha und Omega»**
Weißer Marmor
Gemeindezentrum
Reinach/BL
1988

Column of Freely
Composable Elements
Placed at Different Points
Home for Old People
Aesch/BL
1967
Säule aus beliebig zusam-
mensetzbaren Elementen
an verschiedenen Orten
plaziert
Altersheim
Aesch/BL
1967

Architectural Design of
Windows
Catholic Church
Döttingen/AG
1961
**Architektonische Gestal-
tung der Fenster
Katholische Kirche
Döttingen/AG
1961**

Architectural Design of
Windows and Entrance
Catholic Church
Moutier/JU
1960
**Architektonische Gestal-
tung der Fensterfronten
und der Eingangspartie
Katholische Kirche
Moutier/JU
1960**

Sculpture in the Garden of
the Swiss Embassy in
Canberra
Granite
∅ 200 cm
1975
**Skulptur im Garten des
Schweizer Botschafts-
gebäudes in Canberra
Granit
∅ 200 cm
1975**

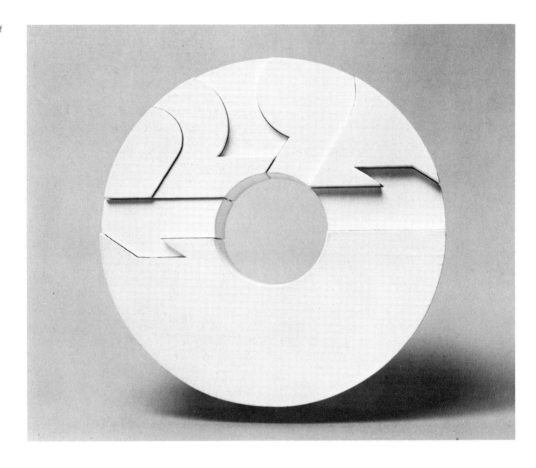

All threedimensional works shown here were commissioned
by the architectural office Baur.

Alle hier gezeigten dreidimensionalen Werke sind im
Auftrag des Architekturstudios Baur entstanden.

Armin Hofmann's singular quality as a designer and teacher stems from that rare combination of deep understanding of formative aesthetic values of life and work, uncompromising honesty, patience, kindness and, most of all, an unshakable confidence in human ability to grow larger than the problems that trouble us.

To some of us who have known him and could follow his development over the years, it has become evident beyond any doubt that Armin is not corruptible. His dedication to simplicity, beauty and human responsibility – when compared with the servile attitudes of many talented designers who change style and philosophical motivations continuously to suit changing profitable preferences of commercial competition – is the difference between truth and deception, conviction and compromise. In a basic sense, it is the difference between humane order and social chaos.

Thus, Armin draws his strength as an artist and teacher from an inner balance which gives him confidence in his creative powers, and enthusiasm to test them on every new problem large or small, in addition to enabling him to remain a life-long student of the inner and outer reality of life. Because of this balance he can detect and develop similar qualities in other people as well, which makes him a natural teacher and inspiring leader to design students around the world.

If one tries to be aware of what is characteristic in Armin Hofmann's designs, the first impression that vibrates from them and unifies his graphic and three-dimensional work is a sense of concentrated power and a solid certainty of visual structuring. He seems to have an instinctive grasp of what is important, what should be included and what to leave out. When Picasso once said that "to know what to leave out is art", he identified what gives Armin's work its distinction.

Visitors who saw an exhibition of his posters in New York, at the American Institute of Graphic Arts, were surprised about the wide range of his graphic skills which gave him the freedom to follow his intuitive sense for what makes a poster optically surprising, thematically appropriate, memorizable at once and a work of art. These posters were not as architecturally conceived as the many works of the great designers and theorists in his national environment who shaped the conditions for what became known around the world as the "Swiss School." Rather, although this was part of his creative effort, Armin Hofmann used its construction and composition principles for the organization of the *text* units of the posters in order to concentrate on a most meaningful and free dynamic application of forms and colors and symbols. He created thereby communications which produced a basic initial understanding of the meaning of the messages *before* one had read one word of text.

This quality has a significance which goes beyond the Swiss and even European design scene. Its consequences do and will further influence the art of optical communications wherever they are applicable – whether in airports or streets, on highways or in windows, as televised spot announcements, as banners on buildings or as stamps on a mail envelope. This original concept which Armin Hofmann has been continuously refining not only relates the social value of design to a communication environment that must be cleansed from its present pollution aspects, but represents an order of values which we – and especially our young people – must demand as a basic necessity in the reshaping of our environment.

Many of the difficulties and crises which an uncontrolled technological growth, a communication and population explosion, and a largely antiquated economic order of priorities produce are challenges which need a deeper understanding, especially by communication designers. Complexities of contemporary living problems cannot be resolved by equally complicated visual communications. Rather, short cuts to a faster understanding of a communication and a self-disciplinary commitment to its positive environmental values are the parameters within which artists and designers, as the creative avant-garde of society, should recognize as their function.

Here Armin Hofmann's work on signs, lettering plaques, letter forms and symbols points toward the essence of contributions which a socially mature designer can make in reducing the visual confusion and improving the cultural-inspirational standards of our environment. By his work as an artist the value of his teaching is increased. As an educator of a new designer generation he employs his creative insight to direct a strategy of education that expands the humane basis on which our progressive development largely depends.

In recent years Armin has moved also in the direction of concrete outdoor sculpture, notably in the Reinach garden environment. It will be an

exciting experience to witness this unfolding of
an added dimension in his creative response to
the realities and challenges of life in our trou-
bled and yet great time of growth.

Will Burtin

Armin Hofmanns hervorragende Qualität als Gestalter und Lehrer stammt aus einer seltenen Verbindung von tiefem Verständnis für die formästhetischen Werte des Lebens und des Schaffens, unbeugsamer Redlichkeit, Geduld und Güte; vor allem aber aus einem unerschütterlichen Vertrauen in die menschliche Fähigkeit, über die uns bedrohenden Probleme hinauszuwachsen. Jene unter uns, die ihn näher kennen und seine Entwicklung über Jahre hinaus verfolgen konnten, wissen, wie unbestechlich Hofmann ist. Seine Vorliebe für Einfachheit und Schönheit, seine Überzeugung von der Verantwortung des Menschen stehen in krassem Gegensatz zu der servilen Haltung vieler begabter Gestalter, deren Stil und geistige Motivation sich ständig den gerade gängigen und profitabelsten Trends anpassen. Es ist der Gegensatz zwischen Wahrheit und Täuschung, Überzeugung und Kompromiß. Im Grunde genommen ist es der Gegensatz zwischen humanistischer Ordnung und sozialem Chaos.

Armin Hofmanns Stärke als Künstler und Lehrer beruht auf einem innern Gleichgewicht, auf das sich seine schöpferische Kraft stützt und aus dem seine freudige Bereitschaft kommt, sich an jeder neuen Aufgabe, ob klein oder groß, zu messen und die ihn befähigt, lebenslang ein Lernender in den Fragen der innern und äußern Lebenswirklichkeit zu bleiben. Dieses Gleichgewicht ermöglicht es ihm, auch in andern verwandte Talente aufzuspüren und zu fördern: eine Eigenschaft, die Hofmann zum geborenen Lehrer und zum Anreger für Graphikschüler aus der ganzen Welt gemacht hat.

Beim Versuch, herauszufinden, worin das Charakteristische in Hofmanns Graphik liegt, wird einem sogleich bewußt, daß in ihr ein Sinn für geballte Kraft und die Beherrschung visueller Strukturierung zusammenklingen. Dies gilt sowohl für sein graphisches als auch für sein dreidimensionales Schaffen. Er scheint instinktiv zu erfassen, was wichtig ist, was dazu gehört und was nicht. Der Ausspruch Picassos: «Kunst besteht darin, zu wissen, was wegzulassen ist» trifft das Wesentliche in Hofmanns Werk.

Besucher einer Ausstellung von Hofmanns Plakaten im American Institute of Graphic Arts in New York waren überrascht von der Spannweite seines graphischen Könnens, die es ihm erlaubt, seiner Intuition zu folgen und das Plakat optisch überraschend, thematisch richtig, einprägsam und darüber hinaus zum Kunstwerk zu machen. Die Plakate waren nicht ausgesprochen architektonisch konzipiert wie viele Arbeiten namhafter Graphiker und Theoretiker seines Landes, die den Begriff der «Schweizer Graphik» für die ganze Welt geprägt haben. Hofmann setzt seine Konstruktions- und Kompositionsideen vielmehr bewußt zur Gliederung der Texteinheiten des Plakates ein, um so zu einer aussagestarken und dynamischen Anwendung von Formen, Farben und Symbolelementen zu gelangen. Es gelingt ihm auf diese Weise, eine Mitteilung zu machen, die man versteht, bevor man überhaupt mit dem Lesen des Textes begonnen hat.

Die Bedeutung dieser Fähigkeit weist weit über die schweizerische, ja über die europäische Graphik hinaus. Aus ihr läßt sich eine Kunst der optischen Aussage ableiten, die überall anwendbar ist, sei es auf Flugplätzen oder Straßen, im Verkehrsnetz oder in Schaufenstern, bei der Fernsehwerbung, bei Gebäudeaufschriften oder auf Briefmarken. Diese neuartige Auffassung, die Hofmann ständig verfeinert, zeigt nicht nur die soziale Bedeutung guter Graphik für unsere Umwelt, die von ihrer gegenwärtigen Verunreinigung befreit werden muß, sie setzt auch eine Wertordnung, die wir – vor allem die junge Generation – als Grundlage für eine Neugestaltung unserer Umwelt fordern müssen.

Viele Schwierigkeiten und Krisen, die aus unkontrollierter technischer Entwicklung, aus der Kommunikations- und Bevölkerungsexplosion und aus einem größtenteils veralteten wirtschaftlichen Prioritätssystem erwachsen, rufen nach einem bessern Verständnis besonders auch seitens der Kommunikationsgraphiker. Die verwickelten Lebensprobleme unserer Tage können nicht durch gleichfalls verwickelte visuelle Kommunikationen gelöst werden. Vielmehr sind abgekürzte Verfahren zum schnellern Verstehen einer Mitteilung und eine in Selbstdisziplin übernommene Verpflichtung auf ihre positiven Werte Faktoren der Umweltgestaltung, deren Bedeutung von Graphikern und Gestaltern als schöpferische Vorhut der Gesellschaft anerkannt werden sollten.

Armin Hofmanns Arbeiten auf dem Gebiet
der Verkehrszeichen, Beschriftungen, Brief-
köpfe und Signets zielen auf das Wesentliche dieses Beitrages, den ein gesell-
schaftsbewußter Graphiker zu leisten imstande ist, indem er das visuelle Durchein-
ander abbaut und unsere kulturgeprägte
Umwelt verschönert. Seine eigenen Lei-
stungen als Künstler steigern auch seine Bedeutung als Lehrer. Als Erzieher einer neuen
Graphikergeneration setzt er seine künstlerischen Erkenntnisse ein, um das Humanisti-
sche, worauf unsere Entwicklung zur Haupt-
sache beruht, weiter zu fördern.
In den letzten Jahren hat sich Armin Hofmann auch mit Betonskulpturen befaßt, so
vor allem für das Schulhaus in Reinach. Wir
sind gespannt darauf, wie sich diese Aus-
weitung seiner schöpferischen Kräfte auf
die Gegebenheiten und Forderungen des
heutigen Lebens in einer so unruhigen und
doch so großartigen Zeit auswirken wird.

Will Burtin

Minor Graphic Art
Stamps
Symbols
Kleingraphik
Briefmarken
Zeichen

Official Symbol for the
Swiss National Exhibition
Expo Lausanne
1964
**Offizielles Zeichen für die
Schweizerische Landes-
ausstellung
Expo Lausanne
1964**

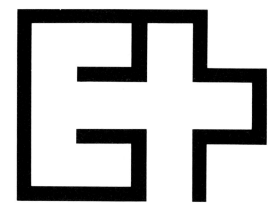

Another Symbol (not used)
for the Swiss National
Exhibition 1964
Expo Lausanne
1964
**Nicht verwendete Variante
zur Schweizerischen
Landesausstellung 1964
Expo Lausanne
1964**

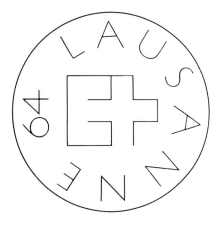

Postmark and Stamps
for the Swiss National
Exhibition
1964
**Poststempel und Post-
marken für die
Schweizerische Landes-
ausstellung
1964**

Basic Screen and Swiss
Stamps
green/brown/red/blue
1967
**Grundraster und Franko-
marken**
grün/braun/rot/blau
1967

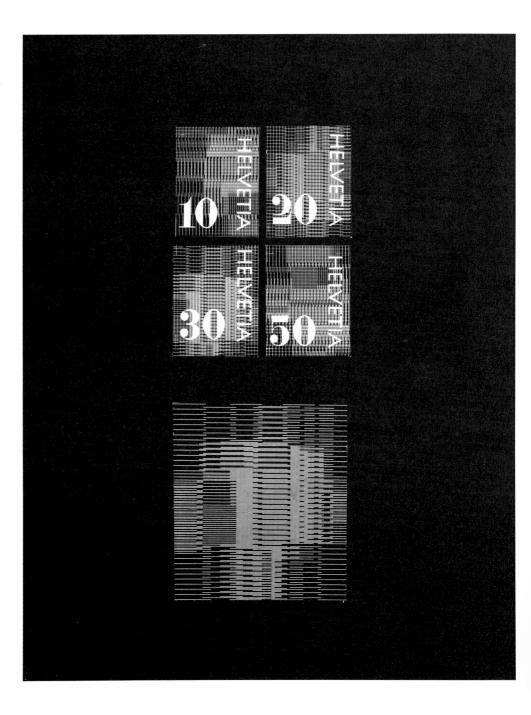

Draft for a Ten-Franc Coin
1975
Entwurf für eine Zehn-
frankenmünze
1975

Deutsche Bank
1970
Deutsche Bank
1970

Pharmacia, Denmark
1972
Pharmacia, Dänemark
1972

Swiss Hotelier Association
1958
Schweizerischer Hotelier-
verein
1958

Sports Stadium, Basel
1976
Sporthalle Basel
1976

Stalder Television, Basel
1955
Stalder Television, Basel
1955

Kiosk AG, Basel
1950
Kiosk AG, Basel
1950

Mensch AG, Painters, Basel
1968
Mensch AG, Malerei, Basel
1968

Department Store Pfauen,
Basel
1962
Kaufhaus Pfauen, Basel
1962

Burckhardt Partners
Architects, Basel
1989
Burckhardt Partner
Architekten, Basel
1989

Kreis AG
Printers, Basel
1965
Kreis AG
Buchdruckerei, Basel
1965

Bauknecht AG, Munich
Bauknecht AG, München
1975

Shilpi Design Agency, India
1956
Shilpi Designagentur,
Indien
1956

Zubler Advertisements,
Basel
1947
Zubler Annoncen, Basel
1947

Cantonal Fire Insurance
Agencies
1967
Kantonale Feuerversiche-
rungsanstalten
1967

Ramstein Opticians, Basel
1967
Ramstein Optik, Basel
1967

Logo
School of Design
1947
**Signet
Allgemeine Gewerbe-
schule
1947**

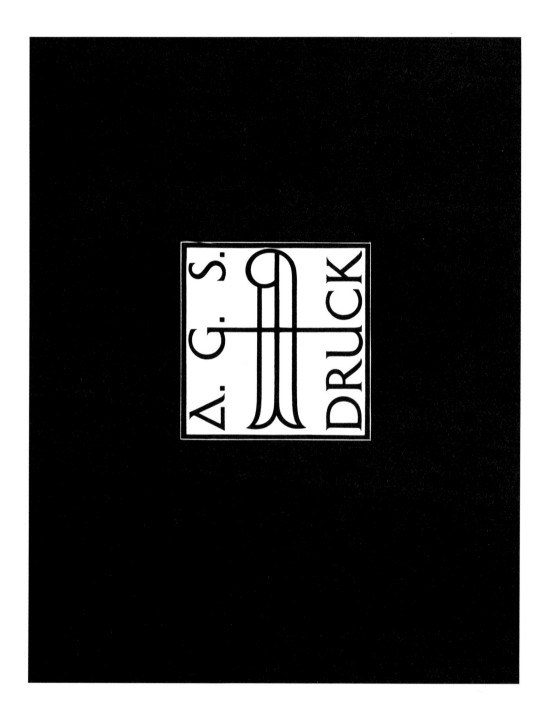

Logo Suggestions
for Geigy SA, Basel
Plant Protection,
Pharmaceuticals, Dyes
1968
**Signetkonzept
für Geigy SA, Basel
Pflanzenschutz, Pharma-
zeutik, Farbstoff**
1968

Graphics on a small scale continued to intrigue me. In particular I tried to analyze the sign which operates in the intermediate zone between reading and aspection. To what extent do these two forms of perception interfuse? When precisely does the letter disappear behind the image it has evoked? To what extent does the pictorial idea influence the aspection of the letter form?

Logo
Basel Chamber Orchestra
1945
Signet
Basler Kammer Orchester
1945

Immer wieder beschäftigte mich die Klein-graphik. Vor allem wurde versucht, das Zeichen zu hinterfragen, das sich im Zwischenfeld zwischen Lesen und Betrachten bewegt. Inwieweit fließen die beiden Wahrnehmungsformen ineinander? In welchem Moment verschwindet der Buchstabe hinter dem Bild, das er hervorruft? Wie stark beeinflußt die Bildvorstellung die Betrachtung der Buchstabenform?

Logo
Municipal Theater Basel
1957
Signet
Stadttheater Basel
1957

Logo
Basel Bach Choir
1981
**Signet
Basler Bach-Chor**
1981

Poster 90 × 128 cm
Basel Bach Choir
1981
**Plakat 90 × 128 cm
Basler Bach-Chor
1981**

Logo
Basel Tourist Office
1973
Signet
Basler Verkehrsverein
1973

Poster 70 × 100 cm
Advertising for Tourist
Information Office
in Basel
Photolithograph
black/white
1974
Plakat 70 × 100 cm
Fremdenverkehrswerbung
für die Stadt Basel
Fotolithographie
schwarz/weiß
1974

Logo
Hilton Hotel Basel and
Examples of Its Application
1971
Signet
Hotel Hilton Basel und
Anwendungsbeispiele
1971

Logo
Basel Museums
1980
Signet
Basler Museen
1980

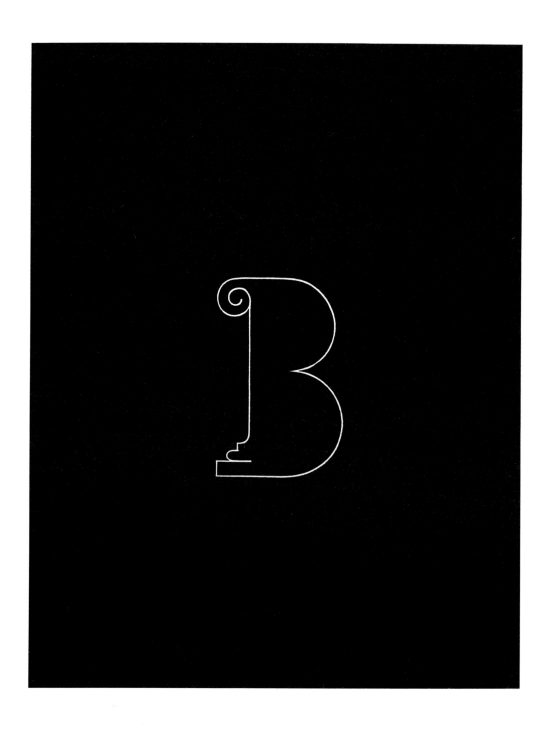

Museen in
Basel

Official Guide to
Basel Museums
1980
Offizieller Führer durch
die Basler Museen
1980

Übersicht

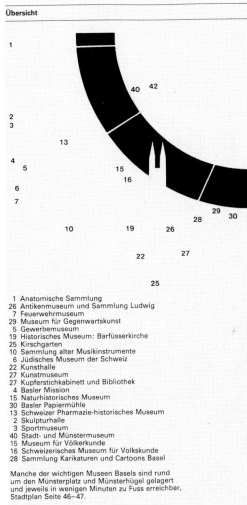

 1 Anatomische Sammlung
26 Antikenmuseum und Sammlung Ludwig
 7 Feuerwehrmuseum
29 Museum für Gegenwartskunst
 5 Gewerbemuseum
19 Historisches Museum: Barfüsserkirche
25 Kirschgarten
10 Sammlung alter Musikinstrumente
 6 Jüdisches Museum der Schweiz
22 Kunsthalle
27 Kunstmuseum
27 Kupferstichkabinett und Bibliothek
 4 Basler Mission
15 Naturhistorisches Museum
30 Basler Papiermühle
13 Schweizer Pharmazie-historisches Museum
 2 Skulpturhalle
 3 Sportmuseum
40 Stadt- und Münstermuseum
15 Museum für Völkerkunde
16 Schweizerisches Museum für Volkskunde
28 Sammlung Karikaturen und Cartoons Basel

Manche der wichtigen Museen Basels sind rund
um den Münsterplatz und Münsterhügel gelagert
und jeweils in wenigen Minuten zu Fuss erreichbar,
Stadtplan Seite 46–47.

Poster 90 × 128 cm
Hermann Miller Collection
Lithograph
black/white/red
1962
Plakat 90 × 128 cm
Hermann Miller Collection
Lithographie
schwarz/weiß/rot
1962

**Herman
Miller
Collection
Verkauf ab
9. März
Contura SA
Basel
Aeschen
vorstadt 4
Passage**

Möbel unserer Zeit

Newspaper Advertisements
with Various Sections of
the Basic Pattern
1962
Zeitungsinserate
mit verschiedenen
Ausschnitten aus dem
Grundmuster
1962

Herman Miller
Collection
Möbel
unserer Zeit

Verkauf ab 9. März
Contura S.A.
Basel, Aeschenvorstadt 4
Passage

Das grosse Revirement in einem grossen Verband

Nachdem der Vorort Basel mit Präsident Dr. Oscar Zinner an der Spitze während sieben Jahren den Schweizerischen Amateur-Leichtathletik-Verband geleitet hatte, kam es an der Delegiertenversammlung in Basel zur Wachtablösung / Jean Frauenlob neuer Zentralpräsident

Der abtretende SALV-Präsident Dr. Oscar Zinner (Liestal), links, gratuliert seinem Nachfolger Jean Frauenlob (Thun-Genf).   Baumli

Es war keine epochale Delegiertenversammlung, die der abtretende Zentralpräsident des SALV, Dr. Oscar Zinner, am Samstagnachmittag mit den üblichen Zeremoniell eröffnete. Hübsch war der Prolog, den Sibylle Leuthardt auf Baseldytsch vortrug und der dem Versammlungsrahmen einige bunte Tupfer gab. Dr. Zinner konnte eine ganze Reihe von Ehrengästen und Ehrenmitgliedern begrüssen, darunter unsern alten und scheinbar ewigjungen 400-m-Rekordhalter Sepp Imbach.

In den chronologischen Aufarbeiten der umfangreichen Traktandenliste — es waren 18 Positionen zu erledigen — stachen einige der Voten besonders hervor. Und wie es so häufig zu geschehen pflegt: es wurde vornehmlich bei den kleinen Sachen diskutiert, attackiert, ripostiert und mit Verve vertreten und abgelehnt. Professor Hoke, der Verbandstrainer des SALV,

hatte ein besonderes Anliegen:

Er kritisierte vor allem den flauen Betrieb in den Vereinen, deren Spitzensportler er zu betreuen hat. Mit einem energischen und auch energisch vorgetragenen Votum wandte er sich an die Delegierten, keine Verspieltheiten der Jugendlichen zu tolerieren, den Nachwuchs härter anzufassen und gesamtschweizerisch ein «Mehr» zu verlangen. «Wir werden im Westen vor die Hunde gehen» rief er aus, «wenn es uns nicht gelingt, die Jugend — die zukünftigen Männer — strebsamer werden zu lassen!»

Bei der Diskussion des Berichtes der Handball-Kommission wurde ihm Zentraldirektor das Studium eines «Parlaments» verlangt. Der Handball-Ausschuss habe kein eigenes Parlament, dazu er Rechenschaft schuldig sei, er sei indessen eine Institution, welche die Charaktereinstellung

Newspaper Design
for the Swiss Hotelier
Association
1958
Zeitungsgestaltung
für den schweizerischen
Hotelierverein
1958

**Entspannende Ruhe
nach Ihrem strengen
Alltag empfinden Sie
doppelt angenehm,
wenn Ihnen der tadel-
lose Sitz Ihres Tailleurs
die Gewißheit gibt:
«Ich wirke vorteilhaft!»**

Feldpausch

**Costume: Unser Hobby -
Ihr Erfolg!** (In reiner Wolle ab Fr. 89.90)

April

Feldpausch

Newspaper Advertisement
Fashion House Feldpausch,
Basel
1955
Zeitungsinserat
Modehaus Feldpausch,
Basel
1955

From a Series of News-
paper Advertisements for
Synthetics
Dynamit AG, Köln
1957
Aus einer Reihe von
Zeitungsinseraten für
Kunststoffe
Dynamit AG, Köln
1957

Troisdorfer Kunst stoffe

sicher
elegant
angenehm
sauber

Troisdorfer Kunst stoffe

dicht
transparent
leicht
geräuschlos

Troisdorfer Kunst stoffe

präzis
unzerbrechlich
hart
dauerhaft

Troisdorfer Kunst stoffe

farbenfroh
leicht
federnd
stark

Advertisment for the
Container Corporation of
America
1956
Inserat für die
Container Corporation of
America
1956

Great Ideas of Western Man...ONE OF A SERIES

on securing man's rights

Adam
Smith

In order to make every man
feel himself perfectly secure
in the possession of every right
that belongs to him,
it is not necessary
that the judicial should be
separated from the executive power,
but that it should be
rendered as much as possible
indipendent of that power.
(Wealth of Nations, 1776)

Container
Corporation
of America

Drawings for the
Program
Municipal Theater Basel
1958
**Zeichenbilder für das
Programmheft
Basler Stadttheater
1958**

Picture Contribution
for the International
Congress of the
Schools of Design
Philadelphia, USA
1987

Bild-Beitrag zum inter-
nationalen
Kongreß der Schulen
für Design
Philadelphia, USA
1987

62 × 42 cm
Experimentation with the
Triangular Form
Lithograph
1988
62 × 42 cm
Erkundung der
Dreieckform
Lithographie
1988

To find out the chief ways in which a school exercise can be of educative value, I set myself
the same kind of task. I tried to test these analy-
tically before passing them on to the students
as teaching material.

Um die didaktischen Schwerpunkte einer
schulischen Aufgabenstellung zu erfahren,
stellte ich mir selbst entsprechende Aufgaben. Ich versuchte diese mittels einer analytischen Arbeitsweise zu erproben, bevor ich
sie als Lehrstoffe an die Studenten weiter-
gab.

62 × 42 cm
Experimentation with the
Polygon
Lithograph
1989
62 × 42 cm
Erkundung des Vielecks
Lithographie
1989

Among semioticians, information theorists, and media experts it has been commonly held for some years that reality can no longer be captured and described with linguistic means alone. It is changing too quickly and growing too complex. Clearly, language as our most important medium of communication has reached an impasse. For the intellectual and the scientist it has become an inflexible instrument; for the man in the street it is too involved and abstract to use in coping with everyday affairs. A language of pictures, drawings, diagrams and photographs is in the process of supplanting language, or at least of extending and enriching its scope. Increasingly it has become common practice to depend on systems conceived in visual terms for information and guidance.

In producing posters, magazines, technical books, comics, films and the like, the media, of course, use their own specific resources and processes but to get their message across they give priority to the picture. It is fair to say that verbal grammar now has a counterpart in pictorial grammar. But this new grammar still lacks structural organization because of its complexity. A completely new way of looking at things, quite distinct from the traditional modes of verbal thinking, is needed to grasp the new signs and symbols.

If the visual forms familiar to us mainly from modern art attracted scant attention among the general public in the past and figured in higher education simply in terms of art appreciation, then one of the specific functions of the modern age should be to reveal elements of a new visual language.

Whereas the Bauhaus painters were chiefly concerned with pure formal analyses emphasizing pictorial composition, modern painters have analyzed the levels of meaning characteristic of signs and symbols. René Magritte, for example, probes the inwardness of objects. In a study he points to the difference between the real object and its image. He recognizes the mental energy of signs and describes the complex relationships between the designation of things by means of language and their visual representation. His whole opus as a painter is concerned with insights into the theory of signs and symbols.
Magritte:
- No object is so closely associated with its name that it cannot be given another one more appropriate to it.

- There are objects that manage without names.
- An object comes into contact with its image, an object comes into contact with its name. The image of an object and its name meet each other.
- Sometimes the name of an object stands for its image.
- In reality a word can take the place of an object.
- A picture can replace a word in a sentence.
- Some objects persuade us into the belief that there are others existing behind them.
- The words designating two different objects tell us nothing about what separates them.
- Images and words in a picture are perceived differently.
- The visible outlines of objects touch each other in reality as if they formed a mosaic work.
- An object never produces the same effect as its name or its image.

Every study of signs in theory and practice begins with questions about the link connecting form and content. What is involved is the imparting of a perceptible, visual form of originally invisible states of affairs. In particular the devising of signs that can be relied upon in everyday communication poses the difficult task of forging a simple link between the core of something and its external envelope such as will be readily grasped by everyone. Unlike signs that have to be learned, pictorial information makes a direct impact on the receptive mind, and therefore the inside and outside of a pictorial symbol seem to be closer together than they are in abstract signs. Hence expressive force, the meaning and the understanding of a pictorial symbol are located on the short connecting link between inside and outside. This link adverts to a mental act, a process of abstraction, which is essential for the production of form. This is true not only for all graphic and painterly signs but also, and in special measure, of photographic signs. Whereas it might be commonly supposed that this translation from inside to outside is taken care of by the equipment, photography is no exception to the rule that pictures can yield meaningful and subtly diversified information only after sophisticated creative treatment. No piece of equipment, however ingenious, can perform this work of abstraction unaided – quite apart from the fact that no apparatus is capable of handling questions of context. Umberto Eco: "Through the symbol man can detach himself from raw perception, from the experience of here and now, and make abstractions. Without abstraction there can be no concept, and without abstraction there can, a fortiori, be no symbol."

In the perception and understanding of modern visual language, the simple things of life play a prominent role, as they did in earlier civilizations. A communicative sign can never be derived from an unknown object; it follows therefore that there must be objects which have a particularly symbolic character. Such objects can yield valuable information on the process by which a thing changes into a sign. Through daily contact with objects we get to know their inwardness and therefore how they are made, so that we are eventually able to handle them philosophically and use them as language. We think with them without having to have them in our hands.

To forge the link between things as perceived externally and their "inner life," to reconcile two antagonistic positions, seems, at any rate, to be easier and more immediately successful in the making of pictures than it does in the formulation of word signs. If, as Friedrich Nietzsche contends, the verbal designation of objects contains nothing more than an uncertain reference, the pictorial symbol seems to intimate more precisely how it wants to be interpreted. Be that as it may, the scope for interpretation is so narrow, especially in photography, that it is legitimate to ask whether, in this case, it is still appropriate to speak of actual signs or symbols. Yet even the abstractly constructed word functions to some extent through the image. And semiotics even goes so far as to maintain that we can only think at all in terms of images and that purely abstract imaginings are impossible. Images generated by the word are internal images and consequently have the status of "personal" symbols elicited by individual experience and insights. They are thus opposed to the realistic signs of photography which are exposed to extraneous influences in another manner. However, it must be accepted that signs, in whatever category they fall, can never convey unequivocal messages. It is even fair to say that the more depictable a thing is in appearance, the more indistinct and inert its inner message becomes. This means that signs of photographic origin will be variously judged, depending on their context and the setting in which they appear, and that their meaning or message depends on a great diversity of fac-

tors, none of which can be analyzed visually. This is true both of the individual photo and also of the linked succession of images in a film or on television. Hence if the pictorial representation of a specific set of events is to be investigated, the whole context of meaning in which they occur will have to be analyzed. This process of definition and analysis leads to a process of almost inexhaustible semiosis.

It is deeply instructive and revealing, for example, to approach one pictorial object and take along a second one of similar structure and place it in the immediate proximity of the first. There need be no visible link between the first and second signs but they will nevertheless enter into immediate contact with each other. It is highly important to realize that, in a certain sense, pictorial signs function just as alphabetically as written signs. This knowledge should deter us from attributing truthfulness to the single picture or sequence of pictures, however realistically they may be presented. The message conveyed must appear between the pictures and not by means of the pictures. It is important to grasp this point when exploring the world of signs and symbols. To illustrate what happens in the intermediate zone between the images, I have selected examples from the course entitled "Sign evaluation studies," where such significant phenomena are clearly shown and analyzed. If simple pictorial signs linked to objects are given priority over more complex examples, it is because the interrelations between the form of the signs and the form of the objects to which the signs refer, and also the form of the thought elicited by the signs, comes out particularly clearly in such examples. The signs investigated in these studies are therefore to be seen as utility or functional signs, since they have not been created for communication purposes but refer to things produced for a specific use. This use, however, is associated with the atmosphere surrounding the objects in the course of their history. Thus a careful distinction must be made between the function of an object, its form and its meaning. And these distinctions become even more complex when they refer, not to the real object, but to an image of it. If the object itself is an entity with a sign-like appearance, even though this was never intended in its production or its use, it will become a full-fledged sign on translation into pictorial terms. It might be said to relinquish its acutal function and become purely a communicatory object in the linguistic sense.

To take an example: the object "lipstick" evokes immediate ideas, feelings and thoughts that stem from the broad ambient field of the object but are not readable from the object itself. Aspection of the object leads to an involuntary semiotization which, however, must assume pictorial form before it can acquire a kind of linguistic force. It is important to note that the objects encountered in our life are all subject to this change of meaning, and that this capacity for change is a crucial element in the visualization of the relevant combinations of facts and states of affairs. This experience also teaches that no living sign-like character will be discerned until man abandons his strictly object-related way of viewing things and adopts a philosophical mode of thought. Knowledge of the philosophical components of signs is of cru-

replaced by others which are cheaper, perhaps handier, and look more up-to-date. The rapidity with which everyday objects wear out may be linked with the thoughtless way in which we discard them and banish them from our minds. Objects and, along with them, their images not only forfeit their fixed place at man's side but also lose their meaning within a whole system of communication – a pictorial language that has heretofore been significant in determining objects of daily use.

In a small model project students have tried to depict one of the few simple objects that have retained their function, form, and relevance down the years and seem likely to continue to do so. An interesting point about this selection is that all these pillar-like objects have been conceived with the minimum of architectonic

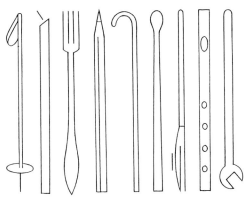

cial importance not only for the invention of free and applied signs but also in the attempt to analyze pictures and to explore the fundamentals of modern forms of communication.

My mention of the need to distinguish carefully between the external configuration of an object and its function acquires special significance in the light of the new objects, instruments and equipment that follow the dictates of fashion. On the one hand, our relationship to the objects of everyday life is becoming increasingly transient and superficial, and on the other, the objects are changing in rapid succession, with the result that the man-object relationship is being rendered increasingly difficult if not altogether impossible. The number of objects that accompany us from the cradle to the grave is in fact diminishing rapidly; they are continually being

means and that their function can be read from their form. They are easy to depict and their external features have, in a certain sense, the character of signs and the forms of letters. Taken together they unite almost all the main fields of human activity.

To illuminate the special problems posed by pictorial signs and symbols, the following pages are devoted to careful studies of the object and the ambient field in which it may be located. It is no part of our intention to repeat an old system that was of importance in mankind's early history. The aim is rather to investigate the fundamentals of pictorial thinking and inquire into a grammar of modern pictorial language.

I have been led by my work as a teacher to realize that art education must refurbish its ideas and methods if a new pictorial illiteracy is to be forestalled and if the human mind is not to be stultified by the increasing mechanization of picture production in the media.

Armin Hofmann

Notes on the Illustrations

The examples of exercises illustrated here bring to mind two different forms of my work as a teacher which, in recent years, has been increasingly concerned with the generation of signs and with inquiries into signs with a view to their practical application. Thus, the studies on pages 182–195 are focused on basic questions of sign construction and also, in general, on fundamental learning processes which can be approached with particular success in this context. The palpably erroneous assumption that the learner has a particularly good mental grasp of the object through which he is learning induced me to replace the form of learning entailing materials and set objectives with structures whose organization allows generally valid insights to be acquired in the field of visual processes.

My aim therefore has been to show forms of learning that allow processes involving signs to be studied at base and the experience thus acquired to be transferred to problems of visual perception as a whole. Inventive power, abstract thinking, and conceptional processes are just as necessary in these exercises as representational skills and the creative ability to formulate one's own aims so that controls can be self-imposed. The themes are concerned with abstract processes such as joining together, massing, ordering, destroying, rotating, transposing, questioning, etc. without having to seek support from object-related facts and circumstances. The basis for these studies is provided by simple geometrical elements which appear in changing patterns and various factual contexts.

The studies on pages 196–205 concerned with inquiries into objective signs should also be construed as involving an approach to learning that is closely associated with the training of the abstract imaginative faculty and an analytical working method. The problems of semiotics and all those phenomena that must contend with questions of meaning come up for discussion in these exercises.

Both the teaching structures presented here are therefore not result-oriented but rather conceived in terms of a framework in which self-determination and creative thought and action are given full play as principles of learning. Both forms of exercise are concerned with the currently significant theme of conceptional design. However, the profoundly different modes of thought involved in the concern with objective signs as compared with geometrical signs must not blind us to the fact that both types of sign contain rudimentary, communicative energies, that both types of sign call for the same visual comprehension, and in particular that the representational figure cannot be worked upon without a knowledge of the abstract features of the sign. For in practical application the two systems constantly interfuse and are difficult to separate, as is particularly apparent in the poster examples. In this respect my teaching is part of my design work and cannot be segregated from it.

174

Semiotiker, Informationstheoretiker, Medienschaffende, weisen seit Jahren darauf hin, daß sich die immer schneller verändernde und komplexer werdende Wirklichkeit mit den Mitteln der Sprache nicht mehr allein erfassen und beschreiben läßt. Die Sprache als unser wichtigstes Kommunikationsmittel ist offenbar in einen Engpaß geraten. Für den geistig arbeitenden, wissenschaftlich tätigen Menschen ist die Sprache zu einem unflexiblen Instrument geworden; für den Mann von der Straße wiederum ist sie zu umständlich, zu abstrakt, um sich mit ihren Mitteln im Alltag zurechtzufinden. Die Sprache der Bilder, der Zeichnungen, der Diagramme und der Photographie, ist im Begriff, die geschriebene Botschaft zu bedrängen, oder zumindest zu ergänzen, beziehungsweise zu vervollständigen. Der Mensch informiert und orientiert sich mehr und mehr durch Systeme, die einer bildbezogenen Organisation angehören. Medienschaffende setzen für Plakate, Illustrierte, Fachbücher, Comics, Filme usw. zwar jeweils ihre medienspezifischen Mittel und Verfahren ein, sie benutzen aber weitgehend das Bild als primäres Transportmittel ihrer Inhalte. Man kann sagen, daß neben der Wortgrammatik eine Grammatik des Bildes entstanden ist. Nur folgt diese neue Grammatik ihrer Komplexheit wegen noch keiner strukturellen Ordnung. Um die neuen Zeichen zu begreifen, ist eine vollkommen neue Betrachtungsweise vonnöten, die losgelöst ist, vom herkömmlichen verbalen Denken.

Wenn die Bildform, wie wir sie vor allem von der zeitgenössischen Malerei her kennen, in der hinter uns liegenden Zeit bei der breiten Öffentlichkeit kaum Beachtung gefunden hat, und in den höheren Schulstufen lediglich im Sinne ästhetischer Bildbetrachtung behandelt wurde, dürfte schon bald erkannt werden, daß es gerade eine der Funktionen der Moderne gewesen ist, Elemente einer neuen, visuellen Sprache bloßzulegen. Wenn sich die Maler des Bauhauses vorwiegend mit reinen Formanalysen beschäftigten, wobei die Untersuchung der bildnerischen Komposition im Vordergrund standen, analysiert die neuere Malerei die Bedeutungsebene der Zeichen. René Magritte zum Beispiel versucht, das Innere von Gegenständen zu ergründen. Er weist in einer Untersuchung auf den Unterschied zwischen dem realen Gegenstand und seinem Abbild hin. Er erkennt die gedankliche Energie der Zeichen und beschreibt die komplizierten Verhältnisse zwischen der Bezeichnung von Dingen durch das Wort und ihrer bildhaften Darstellung. Sein ganzes malerisches Werk befaßt sich mit den Einsichten, wie sie die Zeichentheorie beschäftigen.

Margritte:

- Kein Gegenstand ist so mit seinem Namen verbunden, daß man ihm nicht einen anderen geben könnte, der besser zu ihm paßt.
- Es gibt Dinge, die ohne Namen auskommen.
- Ein Gegenstand kommt mit seinem Abbild in Berührung, ein Gegenstand kommt mit seinem Namen in Berührung. Das Abbild des Gegenstandes und sein Name treffen einander.
- Manchmal steht der Name eines Gegenstandes für sein Abbild.
- In der Realität kann ein Wort den Platz eines Objektes einnehmen.
- Ein Bild kann in einem Satz ein Wort ersetzen.
- Manches Objekt suggeriert uns, daß hinter ihm noch andere existieren.
- Die Worte, die zwei verschiedene Objekte bezeichnen, sagen nichts über das aus, was diese voneinander trennt.
- Abbildungen und Worte werden in einem Bild verschieden wahrgenommen.
- Die sichtbaren Umrisse von Gegenständen berühren einander in der Realität so, als formten sie ein Mosaik.
- Ein Objekt hat nie die gleiche Wirkung wie sein Name oder sein Abbild.

Fragen nach dem Zusammenhang zwischen Form und Inhalt stehen am Beginn jeder theoretischen und praktischen Auseinandersetzung mit Zeichen. Es geht darum, ursprünglich nicht sichtbare Tatbestände in eine wahrnehmbare, visuelle Form zu bringen. Vor allem wenn verbindliche Zeichen für alltägliche Kommunikationszwecke zu formen sind, besteht die anspruchsvolle Aufgabe darin, eine einfache, für jedermann rasch verständliche, Verbindung zu schaffen, zwischen dem Kern einer Sache und seiner Hülle. Da Bildinformationen im Gegensatz zu jenen Zeichen, die gelernt werden müssen, direkt auf das Aufnahmevermögen des Menschen einwirken, scheinen im Bild-

175

zeichen Innen und Außen näher beieinander zu liegen, als bei den abstrakten Zeichen. Die Aussagekraft, die Bedeutung, die Intelligenz eines Bildzeichens liegt also auf jenem kurzen Verbindungsstück welches das Innere mit dem Äußeren vereinigt. Dieses Verbindungsstück weist auf einen Denkakt, auf einen Abstraktionsvorgang hin, auf dessen Grundlage Form erst möglich wird. Diese Feststellung gilt nicht nur für alle graphischen und malerischen Zeichen. Vor allem die photographischen Zeichen, von denen man annimmt, daß die Umwandlung von Innen zum Außen von der Apparatur selbst bewältigt wird, unterliegen dem Anspruch, daß Bilder nur mittels verfeinerter, gestalterischer Umsetzung sinnreiche und differenzierte Informationen abgeben können. Auch noch so raffiniert ausgerüstete Apparaturen können diese Abstraktionsarbeit von sich aus nicht leisten. Abgesehen davon, daß sie nicht in der Lage sind, sich mit Fragen des Kontextes auseinanderzusetzen. Umberto Ecco: «Durch das Zeichen löst der Mensch sich los von der rohen Wahrnehmung, von der Erfahrung des Hier und Jetzt, und abstrahiert. Ohne Abstraktion gibt es keinen Begriff, und ohne Abstraktion gibt es erst recht kein Zeichen.»
In Bezug auf die Wahrnehmung und das Verständnis der heutigen Bildersprache spielen, ähnlich wie in früheren Kulturen, die einfachen Gegenstände des Lebens eine herausragende Rolle. Wenn man feststellt, daß kein kommunikatives Zeichen von einem unbekannten Gegenstand hergestellt werden kann, muß man daraus schließen, daß es Gegenstände gibt, die im Hinblick auf ihre Zeichenhaftigkeit besonders deutliche Merkmale aufweisen. Diese Gegenstände können wichtige Auskünfte über den Prozeß der Umwandlung vom Ding zum Zeichen geben. Durch den täglichen Umgang lernen wir das innere Wesen und die damit verbundene Bauweise der Gegenstände kennen und sind im Laufe der Zeit imstande, philosophisch mit ihnen umzugehen und sie als Sprache einzusetzen. Man denkt mit ihnen, ohne sie zur Hand nehmen zu müssen. Die Überbrückung zwischen der äußerlichen Wahrnehmung der Dinge und ihrem «Innenleben», die Bewältigung der Auseinandersetzung zwischen zwei einander fremd gegenüberliegenden Positionen, scheint auf jeden Fall bei der Herstellung

von Bildern müheloser, direkter zu gelingen, als beim Wortzeichen. Wenn, wie Friedrich Nietzsche feststellt, in der wortmäßigen Bezeichnung von Gegenständen lediglich eine unsichere Andeutung liegt, erklärt das Bildzeichen scheinbar genauer, in welcher Weise es gedeutet werden möchte. Allerdings wird besonders durch die Photographie, der Interpretationsraum so sehr eingeschränkt, daß man sich fragen kann, ob man hier noch von eigentlichen Zeichen sprechen kann. Aber auch das abstrakter gebaute Wort funktioniert in gewisser Weise über das Bild. Und die Semiotik geht sogar von der Annahme aus, daß wir überhaupt nur mittels Bilder denken können, und daß rein ungegenständliche Vorstellungen nicht möglich sind. Bilder, die durch das Wort erzeugt werden, sind innere Bilder und infolgedessen «persönliche» Zeichen, die durch individuelle Erfahrungen und Einsichten geformt werden. Sie stehen somit im Gegensatz zu den photographischen, wirklichkeitsnahen Zeichen, die in jeder Art und Weise äußeren Einflüssen unterworfen sind. Man muß jedoch davon ausgehen, daß Zeichen, welcher Art sie auch immer angehören, nie eindeutige Botschaften vermitteln können. Man kann sogar behaupten, daß, je abbildhafter eine Sache in Erscheinung tritt, desto undeutlicher und lebloser ihre innere Botschaft ist. Das heißt, daß die photographisch dargestellten Zeichen je nach dem Kontext in dem sie stehen, je nach dem Umfeld in dem sie erscheinen, verschieden beurteilt werden müssen und daß ihre Bedeutung, bzw. ihre Aussage, von verschiedensten, visuell nicht hinterfragbaren, Faktoren abhängt. Diese Feststellung gilt sowohl für das Einzelphoto als auch für die zusammenhängenden Bildfolgen in Film und Fernsehen. Wenn man also der bildhaften Darstellung eines bestimmten Geschehens nachgehen will, wird man den ganzen Bedeutungsraum, in dem sich die Dinge bewegen analysieren müssen. Diese Arbeit des Definierens und Hinterfragens führt hinein in den Prozeß einer fast unerschöpflichen Semiose.
Eine Fülle von Einsichten und Erkenntnissen stellt sich zum Beispiel dann ein, wenn man sich einem bildhaften Gegenstand mit einem zweiten ähnlich gebauten Bildobjekt nähert und dieses in unmittelbarer Nachbarschaft plaziert. Dieses zweite Zeichen braucht inhaltlich keinen sichtbaren Zusam-

menhang mit dem ersten zu haben, um trotzdem mit ihm in unmittelbaren Kontakt zu treten. Die Erkenntnis, daß Bildzeichen in einem gewissen Sinne ebenso alphabetisch funktionieren wie Schriftzeichen, ist von großer Bedeutung. Dieses Wissen hält uns davon ab, dem Einzelbild aber auch der Bildfolge, mag sie noch so wirklichkeitsnah präsentiert werden, unmittelbaren Wahrheitscharakter zuzumessen. Die Aussage muß zwischen den Bildern erscheinen und nicht mittels der Bilder. Dies ist eine wichtige Einsicht, wenn es darum geht, die Welt der Zeichen zu ergründen. Um zu verdeutlichen, was sich im Zwischenreich zwischen den Bildern abspielt, habe ich Beispiele aus dem Kurs «Zeichenuntersuchungen» ausgewählt, wo in anschaulicher Form solche Be-

den mit der Atmosphäre, in der sich die Gegenstände im Verlauf ihrer Geschichte bewegen. Es gilt also sorgfältig zu unterscheiden zwischen der Funktion eines Gegenstandes, seiner Form und seiner Bedeutung. Wobei diese Unterscheidungen noch komplizierter werden, wenn sie sich statt auf den realen Gegenstand auf ein Abbild desselben beziehen. Wenn schon der Gegenstand selbst, ohne daß dies bei seiner Herstellung und bei seinem Gebrauch beabsichtigt ist, als zeichenhaftes Wesen in Erscheinung tritt, so wird er durch seine bildhafte Umsetzung vollends zum Zeichen. Er entledigt sich sozusagen seiner eigentlichen Funktion und wird reines Kommunikationsobjekt im Sinne von Sprache. So löst zum Beispiel der Gegenstand «Lippenstift» un-

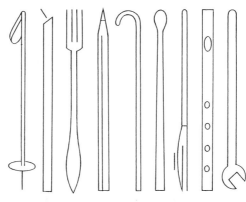

deutungsphänomene analysiert und dargestellt werden. Wenn dabei die einfachen, an Gegenstände gebundenen Bildzeichen im Vordergrund stehen und nicht komplexere Sachverhalte, so deshalb, weil die Zusammenhänge zwischen der Form der Zeichen und der Form der Objekte auf die sich die Zeichen beziehen sowie der Form des Denkens, wie es durch die Zeichen ausgelöst wird, hier besonders gut zum Ausdruck kommen. Die Zeichen, die in diesen Studien untersucht werden, sind also im Sinne von Gebrauchs- oder Funktionszeichen zu begreifen, da sie nicht zu Kommunikationszwecken geschaffen wurden, sondern sich auf Dinge beziehen, die im Hinblick auf einen vorbestimmten Gebrauch geschaffen wurden. Dieser Gebrauch ist jedoch verbun-

mittelbare Vorstellungen, Gefühle, Gedanken aus, die dem weiten Umfeld des Gegenstandes entstammen, welche aber am Gegenstand selbst nicht ablesbar sind. Beim Betrachten des Gegenstandes findet ungewollt eine Semiotisierung statt, die aber erst in ihrer Bildform eine Art von sprachlicher Kraft erhält. Wichtig ist die Tatsache, daß die Objekte unseres Lebens alle diesem Bedeutungswandel ausgesetzt sind, und daß diese Wandlungsfähigkeit ein wichtiges Element darstellt bei der Visualisierung von Sachverhalten und Tatbeständen. Diese Erfahrung führt darüber hinaus zu der Erkenntnis, daß sich eine lebendige Zeichenhaftigkeit erst dann einstellt, wenn der Mensch die streng objektbezogene Betrachtung aufgibt und sich eine philosophische Denkweise zu eigen macht. Das Wissen um die philosophische Komponente von Zeichen ist sowohl entscheidend bei der Neuschaffung von freien und angewandten Zeichen, als auch beim Versuch, Bilder zu analysieren und die Grundlagen der heutigen Kommunikationsformen zu erforschen.

Wenn ich erwähnt habe, daß sorgfältig zu unterscheiden sei zwischen der äußeren Gestalt eines Objektes und seiner Funktion, so erhält diese Anregung eine besondere Aktualität im Hinblick auf die neuen, der Mode unterworfenen Gegenstände, Instrumente und Apparate. Einerseits ist festzustellen, daß wir heute immer kürzere und oberflächlichere Beziehungen zu den Objekten des täglichen Lebens unterhalten, auf der anderen Seite verändern sich die Objekte in rascher Folge, so daß eine engere Beziehung Mensch – Objekt erschwert, wenn nicht ausgeschlossen wird. Es gibt tatsächlich immer weniger Dinge, die den Menschen von seiner Jugendzeit bis zu seinem Tod begleiten, ohne daß sie durch andere, vielleicht bequemere, neuer aussehende, billigere, rasch ausgetauscht werden. Die Schnelligkeit, mit der die Dinge des Alltags sich verbrauchen, hat etwas zu tun mit der Unbedenklichkeit, mit der man sich ihrer wieder entledigt und sie aus der Erinnerung verbannt. Die Gegenstände und mit ihnen auch ihre Abbilder büßen nicht nur ihren festen Platz an der Seite des Menschen ein, sie verlieren auch ihre Bedeutung innerhalb eines ganzen Verständigungssystems – einer Bildersprache, die bis dahin in bedeutendem Maße durch die Gegenstände des täglichen Lebens bestimmt wurde.

In einer kleinen, exemplarischen Untersuchung haben Studenten versucht, einige der wenigen einfachen Gegenstände aufzuzeigen, die ihre Funktion, ihre Form, ihre Aktualität durch Jahrzehnte hindurch haben bewahren können und sie vermutlicherweise auch weiter behalten werden. Interessant an dieser Auswahl ist, daß alle diese säulenförmig gebauten Gegenstände mit minimalem architektonischem Aufwand konzipiert sind und daß ihre Funktion an ihrer Form ablesbar ist. Sie sind einfach darzustellen und ihre äußeren Merkmale sind in gewissem Sinne zeichenhaft-schriftförmig. In ihnen sind fast alle wesentlichen Tätigkeitsfelder des Menschen vereinigt.

Um die besondere Problematik der Bildzei-

chen etwas näher zu beleuchten, soll auf den folgenden Seiten der Gegenstand und sein mögliches Umfeld in sorgfältig durchgeführten Untersuchungen abgehandelt werden. Dabei geht es in keiner Weise darum, ein altes System, das in der Frühzeit der Menschen Bedeutung hatte, zu wiederholen. Vielmehr sollen den Grundlagen des bildnerischen Denkens, soll einer Grammatik der heutigen Bildsprache nachgeforscht werden.

Meine Funktion als Lehrer hat mich zu der Erkenntnis geführt, daß neue Unterrichtsideen und Unterrichtsmittel geschaffen werden müssen, um einem neuen, bildbezogenen, Analphabetentum zuvorzukommen; um eine Mediatisierung des Geistes zu verhindern, wie dies durch die immer technischer funktionierende Bildherstellung zu befürchten ist.

Armin Hofmann

Zu den Abbildungen

Die hier abgebildeten Übungsbeispiele weisen auf zwei unterschiedliche Lehrformen meiner pädagogischen Lehrtätigkeit hin, die sich in den letzten Jahren zunehmend mit der Zeichenherstellung und einer praxisbezogenen Zeichenforschung befaßte. Die Studien auf den Seiten 182–195 drehen sich also um grundsätzliche Fragen der Zeichenbildung, aber auch um grundsätzliche Vorgänge des Lernens überhaupt, welche innerhalb dieser Themen besonders gut behandelt werden können. Die offensichtlich falsche Annahme, daß der Lernende jenen Lerngegenstand, den er gerade behandelt, besonders gut erfasse, bewog mich, die materialgebundene, zielgerichtete Lernform zu ersetzen durch Strukturen, deren Organisation allgemeingültige Erkenntnisse im Bereich visueller Vorgänge zuläßt.

Ich versuche also Lernformen aufzuzeigen, mittels derer Zeichenprozesse an der Basis studiert werden können, wobei die entsprechend gemachten Erfahrungen übertragbar sein sollen auf Probleme der visuellen Wahrnehmung insgesamt. Erfindungsgabe, abstraktes Denken, konzeptionelles Vorgehen sind in diesen Übungen ebenso gefordert wie darstellerisches Können und jenes schöpferische Vermögen, Ziele selbst formulieren zu können, um die entsprechenden Kontrollen von sich aus vorzunehmen. Die Themen beziehen sich auf abstrakte Vorgänge, wie Zusammenfügen, Massieren, Ordnen, Zerstören, Drehen, Versetzen, Infragestellen usw., ohne sich dabei auf objektbezogene Sachverhalte stützen zu müssen. Grundlage der Studien sind die einfachen geometrischen Elemente, welche in wechselnden Konstellationen und unter verschiedenen Gegebenheiten in Erscheinung treten.

Aber auch die Studien auf den Seiten 196–205, die sich mit der Erforschung des gegenständlichen Zeichens befassen, sind im Hinblick auf ein Lernverhalten zu verstehen, das der Schulung des abstrakten Vorstellungsvermögens und einer analytischen Arbeitsweise verhaftet ist. Die Probleme der Semiotik und alle jene Phänomene, die sich mit Bedeutungsfragen auseinandersetzen, stehen in diesen Übungen zur Diskussion. Beide hier vorgestellten Lehrstrukturen sind also nicht resultatbezogen, sondern im Sinne von Rahmenbedingungen gedacht, in welchen Selbstbestimmung und kreatives Denken und Handeln als Prinzipien des Lernens berücksichtigt sind. Beide Übungsformen befassen sich mit dem aktuellen Thema des konzeptionellen Entwerfens. Die stark verschiedene Denkweise, welche sich in der Beschäftigung mit dem gegenständlichen Zeichen gegenüber den geometrischen andeutet, soll aber nicht darüber hinwegtäuschen, daß beide Zeichenarten elementare, kommunikative Energien in sich tragen, daß beide Zeichenarten dasselbe visuelle Verständnis erfordern; daß besonders die gegenständliche Figur, ohne das Wissen um die abstrakten Wesenszüge des Zeichens, nicht bearbeitet werden kann. In der Praxis fließen die beiden Systeme denn auch immer wieder ineinander und sind voneinander schwer zu trennen, was besonders in den Plakatbeispielen anschaulich zum Ausdruck kommt. Insofern ist mein pädagogisches Wirken Bestandteil der eigenen gestalterischen Arbeit und von dieser nicht loszulösen.

The triangle is a figure that seems to me to be extremely important for teaching purposes because, unlike the circle and square, its construction is not finally determined. Because of its internal and external flexibility it stimulates creative thinking. It provides, as it were, the basis for a philosophical working method in which questions and discoveries are so close together that teaching and learning proceed almost automatically.

Interplay of Four Triangles
Studio Workshop
Yale Summer School
Brissago/TI
1986
Vier Dreiecke im Zusammenspiel
Studiokurs
Yale Sommerschule
Brissago/TI
1986

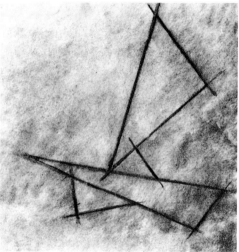

Die Form des Dreiecks scheint mir als Lehrfigur so ungemein wichtig, weil sie, anders als Kreis und Quadrat, in ihrer Konstruktion nicht endgültig festgelegt ist. Durch die innere und äußere Flexibilität regt die Figur des Dreiecks zu schöpferischem Nachdenken an. Sie liefert sozusagen die Grundlage zu einer philosophischen Arbeitsweise in welcher Fragen und Erkennen so eng beieinander liegen, daß Lehrprozesse fast von selbst ausgelöst werden.

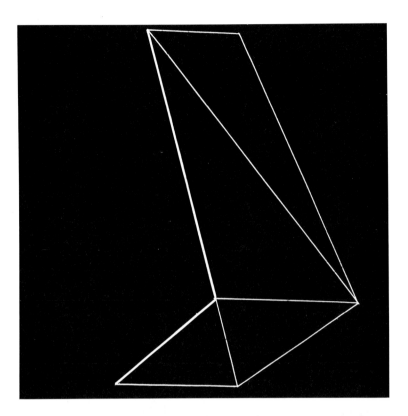

Interplay of Four Triangles
Studio Workshop
Yale Summer School
Brissago/TI
1986

Vier Dreiecke im Zusam-
menspiel
Studiokurs
Yale Sommerschule
Brissago/TI
1986

Exploration of the
Isosceles Triangle from
the Aspect of
Step-by-Step
Decomposition of the Basic
Screen
**Untersuchung des gleich-
schenkligen Dreiecks
unter dem Aspekt der
schrittweisen Auflösung
des Grundrasters**

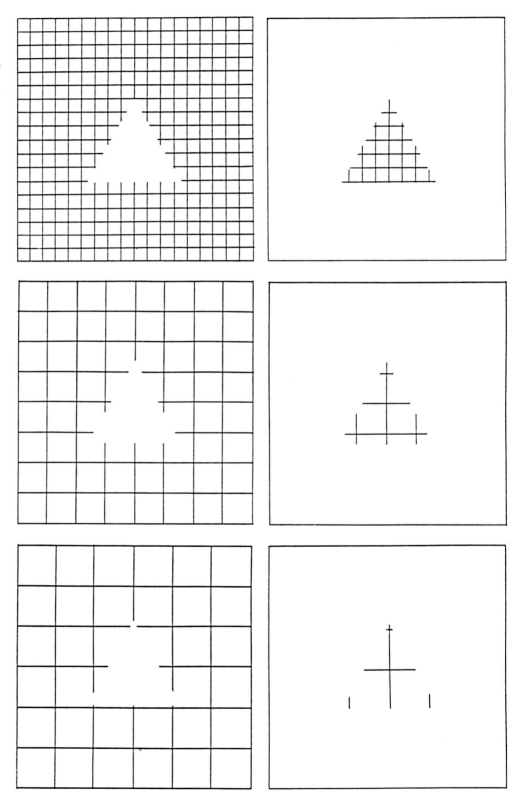

186

Exploration of the Isosceles
Triangle from the Aspect of
Its Decomposition in the
Point Screen
Untersuchung des gleich-
schenkligen Dreiecks
unter dem Aspekt seiner
Auflösung im Punkteraster

Exploration of the Isosceles
Triangle from the Aspect of
a Shift in the Basic Screen
**Untersuchung des gleich-
schenkligen Dreiecks
unter dem Aspekt einer
Verschiebung im Grund-
raster**

Exercises with the Square.
Comparison of Two
Different Systems.
Demarcation,
Fusion, Confusion
Übungen mit der Quadrat-
form. Gegenüberstellung
zweier Systeme.
Abgrenzung, Verschmel-
zung, Irritation

Exercises with the Square.
Various Forms of Detach-
ment from the Basic Screen
**Übungen mit der Quadrat-
form. Verschiedene
Formen des Herauslösens
aus dem Grundraster**

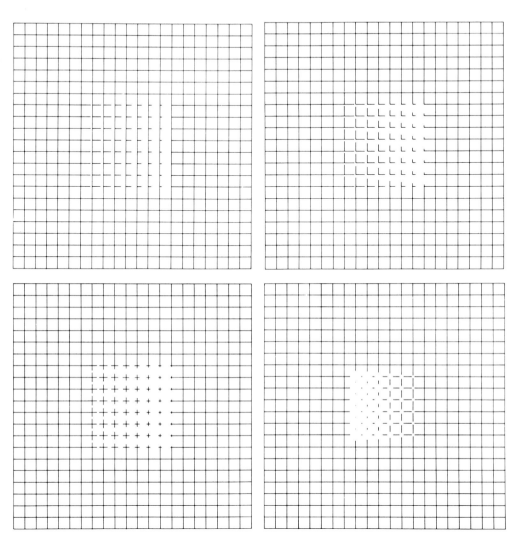

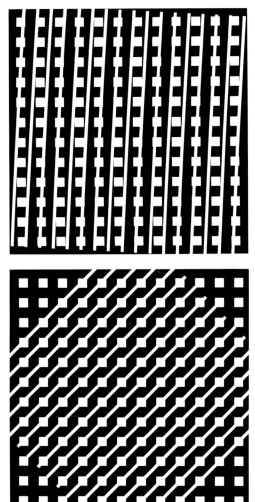
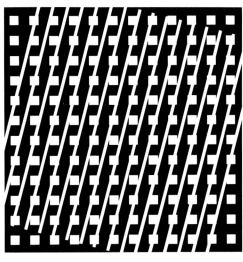

Confrontation of Two
Squares by Superimposing
the Screen Forms
Konfrontation zweier
Quadrate durch
Übereinanderschieben
der Rasterformen

Within a regular grid various i-formations in a process of transition into independent groups.
Verschiedene i-Formationen innerhalb eines regelmäßigen Gitters im Übergang zu ungebundenen Gruppierungen.

Free Formations of the Letter "i" on the Background of a Ficticious Screen
Freie Gliederungsformen mit dem Buchstaben «i» auf dem Hintergrund eines fiktiven Rasters

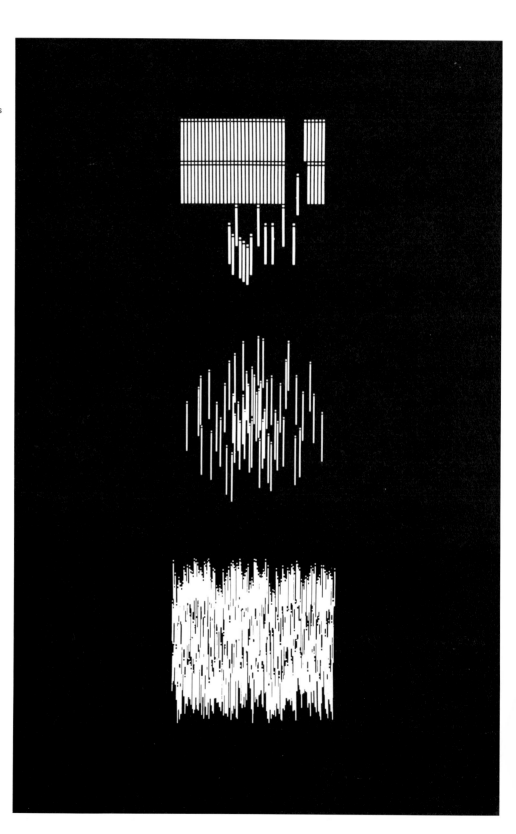

In the sign evaluation studies the students tackled the problems arising when signs are brought into confrontation. Objective signs similar in basic shape, size and mode of depiction but very different in content come face to face, influence each other reciprocally, describe certain facts or advert to certain events.

Studies of the Figurative Objects.
Problems of Comparison
Untersuchung des figürlichen Zeichens. Probleme der Gegenüberstellung

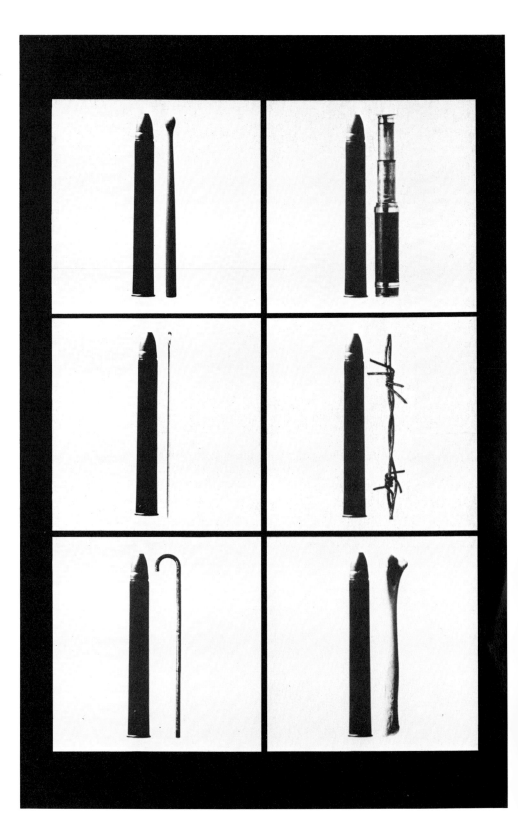

In den Zeichenuntersuchungen beschäftigten sich die Studenten mit den Problemen der Gegenüberstellung von Zeichen. Gegenständliche Zeichen mit ähnlicher Grundform, ähnlicher Größe, ähnlicher Darstellungsweise aber sehr verschiedenen Inhalten treten einander gegenüber, beeinflussen sich gegenseitig, beschreiben bestimmte Tatbestände oder verweisen auf gewisse Ereignisse.

The mere enumeration of such objects produces narrative qualities. Groups are formed in which certain themes can be visualized.

Schon durch die Aufzählung solcher Gegenstände ergeben sich erzählerische Qualitäten. Es bilden sich Gruppen, in denen sich bestimmte Themen veranschaulichen lassen.

Comparison of Objects with a Similar Basic Concept but Different Functions
Gegenüberstellung von Gegenständen mit ähnlichem Grundkonzept aber unterschiedlichen Funktionen

Often a single object is revelatory of its historical relationship to man.
Oft läßt sich an einem einzelnen Gegenstand seine geschichtliche Beziehung zum Menschen aufzeigen.

The Apple as an Object and Its History
Der Gegenstand Apfel und seine Geschichte

Our non-linguistic visual signs can as a rule be
reduced to a few simple structural elements.
(Cross, circle, star, etc.)
Unsere nichtsprachlichen, visuellen Zeichen
lassen sich in der Regel auf wenige, einfache
Bauprinzipien reduzieren. (Kreuzform,
Kreis, Stern usw.)

Symbols Reflecting
"Power"
**Symbole, die das Thema
«Macht» reflektieren**

The explanation of symbolic signs by photographic interpretation.
**Die Erklärung der symbolischen Zeichen
durch die photographische Interpretation.**

If the real object is already sign-like in appearance, it will, on being vested with pictorial form, become a sign really and truly and, by this transformation of its proper function, turn into language.

Wenn schon der reale Gegenstand als zeichenhaftes Wesen in Erscheinung tritt, so wird er in seiner bildhaften Form erst recht zum Zeichen und entledigt sich durch diese Transformation seiner eigentlichen Funktion und wird Sprache.

The Hammer and Its
Intricate Connections
Der Hammer und seine
vielschichtigen Beziehungen

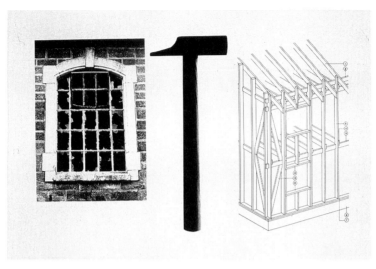

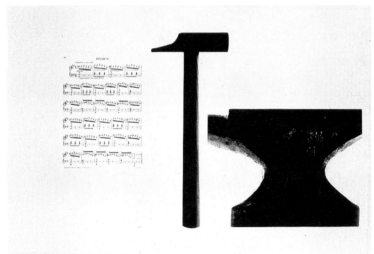

The works illustrated on the following pages were done by students as practical tasks. They originated from school competitions or direct commissions. These examples show that a graded and systematic method of teaching does not necessarily blunt the learner's imagination or lead to a loss of personality in his or her expression.

Poster 90 × 128 cm
Kinderverkehrsgarten
(Site for Teaching
Children Traffic Safety)
Linocut
Student: Moritz Zwimpfer
Plakat 90 × 128 cm
Kinderverkehrsgarten
Linolschnitt
Student: Moritz Zwimpfer

Mustermesse
Halle 9
16. Sept. bis 4. Okt.
täglich geöffnet
14–17 Uhr
sonntags
geschlossen

Kinder verkehrs garten

Die auf den folgenden Seiten abgebildeten Praxis-Arbeiten stammen von Studenten. Sie sind hervorgegangen aus schulinternen Wettbewerben und Direktaufträgen. Die Beispiele sollen aufzeigen, daß ein schrittweise aufgebauter, methodisch angelegter Unterricht nicht unbedingt zu Phantasielosigkeit und zum Verlust der persönlichen Ausdrucksweise der Lernenden führen muß.

Poster 90 × 128 cm
Kinderverkehrsgarten
Lithograph
Student: Klaus Sandfort
Plakat 90 × 128 cm
Kinderverkehrsgarten
Lithographie
Student: Klaus Sandfort

**Mustermesse Halle 6 Geöffnet 1.-20. Juni
14-17.30 Uhr, sonntags geschlossen, Eintritt frei**

Kinderverkehrsgarten

Poster 90 × 128 cm
Kinderverkehrsgarten
Linocut
Student: Werner John
Plakat 90 × 128 cm
Kinderverkehrsgarten
Linolschnitt
Student: Werner John

kinder verkehrs garten

mustermesse
halle 9
14. sept. - 3. okt.
14-17 uhr
täglich
geöffnet
sonntags
geschlossen

die polizei hilft

sie sucht helfer

anmeldungen
polizeidepartement
baselstadt

Poster 90 × 128 cm
The Police are Looking for
Volunteers
Photolithograph
Student: Manfred Maier
Plakat 90 × 128 cm
Die Polizei hilft – sie sucht
Helfer
Fotolithographie
Student: Manfred Maier

Poster 90 × 128 cm
The Police are Looking for
Recruits
Photolithograph
Student: Manfred Maier
Plakat 90 × 128 cm
Die Polizei sucht Rekruten
Fotolithographie
Student: Manfred Maier

Poster 90 × 128 cm
No Drunken Driving
Photolithograph
Student: Hans Tanner
Plakat 90 × 128 cm
Kein Alkohol am Steuer
Fotolithographie
Student: Hans Tanner

Kein Alkohol am Steuer

Plakat 90 × 128 cm
Winterhilfe 1960
(Relief Organization)
Lithograph
Student: Uli Schierle
Plakat 90 × 128 cm
Winterhilfe 1960
Lithographie
Student: Uli Schierle

winter
hilfe
1961

Poster 90 × 128 cm
Winterhilfe 1961
(Relief Organization)
Lithograph
Student: Gerhild Zwimpfer
Plakat 90 × 128 cm
Winterhilfe 1961
Lithographie
Studentin:
Gerhild Zwimpfer

Poster 90 × 128 cm
Winterhilfe 1969
(Relief Organization)
Photolithograph
Student: Ruth Pfalzberger
Plakat 90 × 128 cm
Winterhilfe 1969
Fotolithographie
Studentin:
Ruth Pfalzberger

winterhilfe secours d'hiver soccorso d'inverno 1969

Catalog Cover
14,9×21 cm
Residential and Office
Center for Paralytics
Photolithograph
Team Work
Katalogumschlag
14,9×21 cm
Wohn- und Bürozentrum
für Gelähmte
Fotolithographie
Gemeinschaftsarbeit

Jahresbericht 1983
Wohn- und Bürozentrum für Gelähmte
WBZ   Reinach BL
Stiftung Wohn- und Arbeitsheim für Gelähmte Basel ⊕

Attempts to combine pictorial signs, written
signs and numerals in a complex form such as
is often used in practice.
Versuche einer Verbindung von Bildzeichen,
Schriftzeichen und Ziffern zu einer komplexen Bildform wie sie oft in der Praxis
Verwendung findet.

Letter, Number, Illustration
Studied in Relation to Music
Die Beziehungen zwischen
Buchstabe, Zahl, Bild
untersucht am Thema
Musik

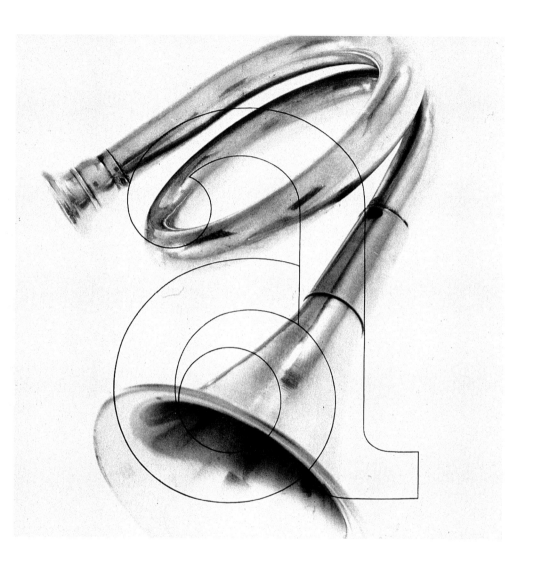

Catalog Cover 21 × 21 cm
1. Yale Chamber Concert
Combination:
Symbols/Photograph
Student: Tami Komai
Katalogumschlag
21 × 21 cm
1. Yale Kammerkonzert
Kombination:
Zeichen/Photographie
Studentin: Tami Komai

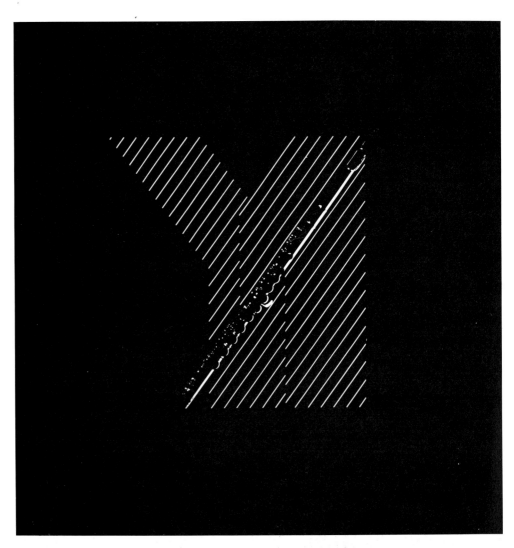

Poster 70 × 100 cm
Yale Chamber Music
Festival
Photolithograph
Student: Lisa Lindholm
Plakat 70 × 100 cm
Yale Kammermusikfestival
Fotolithographie
Studentin: Lisa Lindholm

Publications by Armin Hofmann
Publikationen von Armin Hofmann

1954	Plakate der Graphikklasse der Allgemeinen Gewerbeschule Basel (Form und Technik Nr. VII, F. Bruckmann, München)
1958	Ein Beitrag zur formalen Erziehung des Gebrauchsgraphikers (Graphis Nr. 80, W. Herdeg, Zürich)
1959	Integrale Typographie, Grundprobleme des gestalterischen Schaffens (Typographische Monatsblätter, Sondernummer Nr. 6/7, Zollikofer & Co. AG, St. Gallen)
1964	Typography Today (Print, Jan./Febr., Verlag RC Publications Inc., New York)
1965	Methodik der Form- und Bildgestaltung: Aufbau/Synthese/Anwendung; dreisprachige Ausgabe: deutsch, französisch, englisch (Verlag Arthur Niggli AG, Teufen) Graphic Design Manual: Principles and Practice (Van Nostrand Reinhold Company Inc., New York, USA)
1968	Graphic Design Manual: Principles and Practice; Japanese edition (Verlag Orion Press, Tokyo, Japan)
1969/70	Der Weiterbildungskurs für Graphische Gestaltung an der Kunstgewerbeschule Basel (Graphis Nr. 146, W. Herdeg, Zürich)
1970	Fragen zur zukünftigen Entwicklung unserer Kunstgewerbeschulen (Bericht an das Erziehungsdepartement des Kantons Basel-Stadt)
1973	Josef Albers/Norman Ives/Armin Hofmann: Selection of Silkscreens (Ives-Sillmann Inc., New Haven, USA)
1975	Anregungen zum Thema konzeptionelles Entwerfen (Novum Gebrauchsgraphik, Novum Education Nr. 11, F. Bruckmann, München) Lettering and Architecture (jae, Association of Collegiate Schools of Architecture Inc., New York, USA) Methodik and Kreativität innerhalb von Lehrprozessen (Typographische Monatsblätter Nr. 8/9, Zollikofer & Co. AG, St. Gallen)
1983	30 Jahre Plakatkunst, Einfluß und Ausstrahlung der Fachklasse für Graphik A. G. S. Basel (Gewerbemuseum Basel)

Publications of Armin Hofmann
Publikationen über Armin Hofmann

1962	Jürg Federspiel: Stadttheater Basel, Grafik von Armin Hofmann (Gebrauchsgraphik, Heft 4, F. Bruckmann, München)
1963	George Nelson: Collaboration in Switzerland: Basel's Trade School Integrates Architecture with the Arts (Architectural Forum, June 1963, Time Inc., Chicago, USA)
1965	George Nelson: Introduction to ‹Graphics Design Manual› (Litton Educational Publishing Inc., New York, USA)
1970	Hiroshi Ochi: Armin Hofmann, Switzerland (Idea Nr. 5, Seibundo Shinkosha, Tokyo, Japan)
1985	Thoughts on the Study and Making of Visual Signs, Basel School of Design / Yale School of Art 1947–1985 (Design Quarterly 130, MIT Press, Cambridge, Massachusetts)
1986	Armin Hofmann: Gestalter, Lehrer und Pädagoge (Typographische Monatsblätter, Sondernummer Nr. 3, Zollikofer & Co. AG, St. Gallen)
1987	Rolf Müller: Armin Hofmann, High Quality, München (Zeitschrift über das Gestalten, das Drucken und das Gedruckte)
1987	The Basel School of Design and Its Philosophy: The Armin Hofmann Years 1946–1986, Catalogue for the Exhibition (Goldie Paley Gallery, Philadelphia)

Honors and Awards
Auszeichnungen

1948–1967	Fifteen Posters Awarded Honorary Certificates, «The Best Posters» by the Federal Department of the Interior, Switzerland
1964	National Exposition, Lausanne, Switzerland, First Prize for Symbol Design, First Prize for Stamp Design (50 and 75 cents)
1966	Warsaw Biennial Poster Exhibition, Honorary Certificate
1970	General Management PTT, Bern, Switzerland, First Prize for Three Stamps (10, 20 and 50 cents)
1971	British Typographic Association, London, Honorary Membership
1984	Diploma of Honor for the Brochure «Museums in Basel»
1987	Honorary Doctor, Philadelphia Colleges of the Arts, Philadelphia, USA
1988	RDI Honorary Membership, Royal Designer for Industry, London